Freundeskreis Botanischer Garten (Hrsg.)
Aloha Vera und die feine Flora
23 kurze Geschichten aus Osnabrück

AF176426

Freundeskreis Botanischer Garten (Hrsg.)

Aloha Vera
und die feine Flora

— 23 kurze Geschichten aus Osnabrück —

Bibliografische Information der Deutschen Nationalbibliothek:
Die Deutsche Nationalbibliothek verzeichnet diese Publikation in der Deutschen Nationalbibliografie, detaillierte bibliografische Daten sind im Internet über http://dnb.dnb.de abrufbar.

Deutschsprachige Erstausgabe Juli 2018
Copyright © 2018 Freundeskreis Botanischer Garten (Hrsg.)
Alle Rechte vorbehalten
Alle Rechte der einzelnen Geschichten liegen beim jeweiligen Autor
Nachdruck, auch auszugsweise, nicht gestattet
Das Werk, einschließlich seiner Teile, ist urheberrechtlich geschützt. Jede
Verwertung ist ohne Zustimmung des Verlages und des Autors unzulässig.
Dies gilt insbesondere für die elektronische oder sonstige Vervielfältigung,
Übersetzung, Verbreitung und öffentliche Zugänglichmachung.
Covergestaltung: Wolkenart - Marie-Katharina Wölk,
www.wolkenart.com
Bildmaterial: Bigstockphoto.com,
Zeichnungen: Gisela Knoop und Silvia Oevermann
Projektdurchführung: Stefan Wellmann
Satz: Wolkenart - Marie-Katharina Wölk www.wolkenart.com
Korrektorat/Lektorat: Michaela Marwich, www.textcheck.agency
Herstellung und Verlag: BoD – Books on Demand, Norderstedt
1. Auflage
ISBN: 9783752840513

INHALT

VORWORT DES
HERAUSGEBERS

Liebe Leserinnen und liebe Leser,

der Botanische Garten und sein Freundeskreis unternimmt es seit nunmehr über 30 Jahren, seinen Besucherinnen und Besuchern die Pflanzenvielfalt nahe zu bringen. Dabei war es unser Bestreben, neben den „klassischen" Vermittlungsformen wie Führungen und Aktionsprogrammen immer auch der Kultur einen Platz im Botanischen Garten zu bieten. So feiern wir gerne Feste und lauschen Konzerten draußen wie drinnen. Auch Ausstellungen und Lesungen gehören regelmäßig zum Programm des Gartens.

Nur eine aktive belletristische Auseinandersetzung mit unserem Thema Flora hat es bisher noch nicht gegeben. Die vorliegende Anthologie soll diese Lücke schließen und Menschen auch auf diesem Wege inspirieren, sich mit der weltweiten und heimischen Pflanzenwelt auseinander zu setzen.

Wir freuen uns, dass so viele Autorinnen und Autoren aus Osnabrück und dem Osnabrücker Land unserem Aufruf gefolgt sind, eine „kurze Geschichte mit einer Pflanze" zu verfassen und sie uns zum Abdruck unentgeltlich zu Verfügung zu stellen. Ich möchte an dieser Stelle allen Autorinnen und Autoren ausdrücklich dafür danken.

Die Geschichten sollten, so die Vorgabe, „eine Pflanze

enthalten", unabhängig davon, ob die Pflanze eine „Hauptrolle" spielt, wie etwa in den ersten beiden Geschichten „Todestulpen" und „Das Märchen der Wanderschnecke" oder nur als „Nebendarsteller" besetzt wurde. Das ist überall vortrefflich gelungen.

Jeder Story haben wir eine oder die entscheidende Pflanze der Geschichte als Zeichnung vorweggestellt. Bedanken möchte ich mich bei den beiden Zeichnerinnen Gisela Knoop und Silvia Oevermann.

Ich hoffe, dass Ihnen die verschiedenen und vielfältigen Genres zugehörigen Geschichten viel Spaß beim Lesen bereiten und Sie dazu inspirieren, sich die eine oder andere Pflanze auch einmal „in natura" hier im Botanischen Garten der Universität Osnabrück anzuschauen. Es lohnt sich.

Herzliche Grüße

Maria-Theresia Sliwka
Vorsitzende

WILDE TULPE

Tulipa sylvestris

Martin Barkawitz:

TODESTULPEN

Die Glocken der Oude Kerk läuteten zur Mitternacht.

Paul de Jong presste seinen Kopf gegen eine Hauswand. Es war still auf den Straßen von Amsterdam. Der rhythmische Marschschritt einer Stadtwacht-Patrouille war verklungen, der gelbliche Schein der Blendlaternen bewegte sich in Richtung Prinsengracht.

Die Büttel hatten ihn nicht bemerkt.

Sie würden dem verarmten Landedelmann keine lästigen Fragen stellen. Und de Jong lief auch nicht Gefahr, von ihnen durchsucht zu werden. Sie würden nicht den Schatz finden, der tief in seinem Wams verborgen war.

Drei Tulpenzwiebeln.

De Jong wartete noch einen Moment, bis sich sein rasender Herzschlag halbwegs beruhigt hatte. Noch immer wusste er nicht, ob Verfolger hinter ihm her waren. Es gab genügend Halsabschneider in dieser Stadt, denen ein Menschenleben weniger wert war als das Diebesgut in seiner Tasche.

Ja, der Spross einer angesehenen königstreuen Familie war zu einem gemeinen Langfinger geworden!

De Jong hatte sich dieses Schicksal nicht ausgesucht, und die Schuld brannte wie ein weißglühendes Stück Eisen in seinem Inneren. Die Aussicht, einst in die Hölle zu kommen, erfüllte ihn mit grenzenlosem Entsetzen. Der calvinistische Glaube saß so fest in seinem Inneren wie ein Schiffsanker im Uferschlamm der Amstel.

Und doch war die Aussicht auf seinen Judaslohn die einzige Möglichkeit, de Jongs Mutter und Schwestern vor einem Leben in Schande und Elend zu bewahren. Sein Vater hatte mit Hilfe des Würfelbechers das Familienvermögen vernichtet. Und als sein alter Herr schlussendlich vom Schlag getroffen worden war, fiel das Schicksal der Familie wie eine verrottende Frucht in Pauls Schoß.

Paul de Jong war nun der Mann im Haus, auf dessen Schultern die Verantwortung lastete.

Ein leises Geräusch ließ ihn erneut in seiner lauschenden Position verharren. Hatte er van Weezels Halsabschneider doch nicht abschütteln können? Als de Jong in das Haus an der Herengracht eingebrochen war, hatte er sofort die Mietlinge des rechtmäßigen Tulpenbesitzers auf den Fersen gehabt. Allerdings war es ihm gelungen, die Kerle im Nebel abzuschütteln.

De Jong war ein kräftiger junger Mann, und auf der königlichen Militärakademie hatte er viele Fertigkeiten gelernt, bevor er das Institut aus Geldmangel hatte verlassen müssen. Nun kamen ihm seine Ausbildung bei der neuen Laufbahn als Bösewicht zugute – eine Ironie des Schicksals, über die de Jong nicht lachen konnte.

Nun ertönte ein schrilles Pfeifen, gefolgt von einem leisen Platschen. Nein, es war wohl nur eine Ratte gewesen, die ein nächtliches Bad im stinkenden Wasser der Gracht nehmen wollte. Der Dieb setzte seinen Weg durch das finstere Amsterdam fort.

Zum Glück kannte de Jong die Stadt wie seine Westentasche. Nachdem er sich noch drei Mal vergewissert hatte, dass er nicht verfolgt wurde, erreichte er sein Ziel. De Jong schlug das verabredete Klopfsignal an die Hintertür von Mijnheer Kuijpers Stadtpalais. Der ehemalige Offiziersanwärter wurde von einem mageren Diener empfangen, der einen mit fünf Kerzen bestückten Leuchter in der Hand hielt. Der Lakai nickte dem Dieb zu und geleitete ihn in die Studierstube seines Herrn.

Kuijper stand auch zu nächtlicher Stunde noch an seinem Pult und arbeitete an einem dickleibigen Folianten, vermutlich einem Rechnungsbuch. Doch als er den Besucher erblickte, ließ er den Gänsekiel sinken und deutete mit einer lässigen Bewegung seiner dicken beringten Finger auf einen Lehnstuhl.

»Nehmt doch Platz, mein guter de Jong! Piet wird uns eine Erfrischung servieren, nicht wahr?«

Der Bedienstete nickte und verschwand, um wenig später mit zwei Likörgläsern auf einem Tablett zurückzukehren.

De Jong wusste nicht viel über Kuijper. Dieser Mann hatte in den ostindischen Kolonien mit Gewürzen ein Vermögen gemacht. Er konnte es sich leisten, mit den anderen reichen Bürgern Amsterdams um das Prestige der schönsten Tulpen zu wetteifern.

Auch Kuijper ließ sich nun ächzend in einen Sessel

plumpsen, der de Jongs Sitzgelegenheit gegenüberstand. Seine Augen glänzten, als er das Wort ergriff.

»War Eure … Mission erfolgreich?«

De Jong nickte und legte wortlos die drei Tulpenzwiebeln auf das Tischchen zwischen ihnen. Die Hände des reichen Mannes zitterten vor Gier, als er nach der Beute griff.

»Das ist sie also, die Semper Augustus«, brachte er mit heiserer Stimme hervor.

Der Dieb nickte mürrisch. Er würde niemals begreifen, warum gestandene Männer ihr ganzes Vermögen für eine Blume ausgaben – so schön sie auch sein mochte. Seit einiger Zeit kletterten die Preise für Tulpenzwiebeln im Königreich ins Uferlose. Hatte man im Jahre des Herrn 1623 noch tausend Gulden für eine besonders seltene Sorte zahlen müssen, so war dieselbe Zwiebel heute, im Jahre 1637, sage und schreibe 30.000 Gulden wert. Das herrschaftliche Haus, in dem die beiden Männer momentan zusammensaßen, wäre gewiss schon für ein Drittel dieses Preises zu haben.

Der reiche Kaufmann löste sich nur zögernd von seinem Schatz, strich über seinen Knebelbart und wandte sich de Jong zu.

»Und Ihr seid sicher, dass Euch niemand hierher gefolgt ist?«

Der Dieb nickte.

»Ich habe zahlreiche Umwege genommen, um mögliche Verfolger in die Irre zu führen. Außerdem war der Nebel mein Freund. Wenn die Stadtwache mich erwischt hätte, dann würde ich Euren Namen niemals preisgegeben haben.«

»Das ist gut. Ihr versteht gewiss, dass ich mir keinen Skandal leisten kann. Gleich morgen früh wird mein Sohn die Zwiebeln zu meinem Landgut in Brabant bringen, damit die Blumen dort wachsen und gedeihen können. Das Amsterdamer Klima ist Gift für diese zarten Geschöpfe.«

Kuijper sprach voller Wärme von den Tulpen, als ob von Kleinkindern die Rede wäre. De Jong versuchte, sich seine Ungeduld nicht allzu stark anmerken zu lassen.

»Mijnheer … da wäre noch mein Lohn, den ich zu bekommen habe.«

Der Auftraggeber lächelte entschuldigend.

»Ja, selbstverständlich. Verzeiht einem alten Mann, der nur noch Augen für seine Blumenleidenschaft hat. Piet weiß Bescheid, er wird Euch beim Abschied Euer Honorar überreichen. Doch nun wollen wir erst einmal auf den Erfolg Eurer Mission trinken!«

De Jong konnte jetzt wirklich einen guten Schluck vertragen.

Kuijper hob sein Likörglas, der Gast folgte seinem Beispiel.

Aber als de Jong getrunken hatte, wurde ihm schon sehr bald seltsam zumute. Und das lag gewiss nicht daran, dass er keine geistigen Getränke vertrug. Auf der Militärakademie hatte er mit seinen Kameraden oft genug dem Branntwein zugesprochen.

De Jong hatte keinen Likör in seinem Glas gehabt, sondern Gift!

Er sprang auf und wollte seinen Degen ziehen, um den betrügerischen Auftraggeber damit in die Hölle zu jagen.

Doch seine Beine versagten den Dienst, und der Dieb ging sterbend zu Boden.

»Im Geschäftsleben kommt es darauf an, die Risiken zu minimieren.«

Diese Worte aus Kuijpers Mund waren das Letzte, was de Jong hörte, bevor er ohne Aussicht auf Wiederkehr in den schwarzen Abgrund des Todes stürzte.

MARTIN BARKAWITZ

Ich lebe seit 1983 in Osnabrück.

Ich schreibe seit 1997 Krimis sowie andere Unterhaltungsromane, u.a. für die Jerry-Cotton-Serie.

Meine Homepage: www.autor-martin-barkawitz.de

STIEL - EICHE

Quercus robur

Harald Keller

DAS MÄRCHEN DER WANDERSCHNECKE

Durch unvorhergesehene Umstände, die deshalb unvorhergesehen blieben, weil sich aber auch gar niemand für sie interessierte, begab es sich, trug sich zu und wurde unvermeidlich, dass die Flugbahn einer Eichel aus dem Wald herausführte und sie ein paar Schritte außerhalb des Forsts jenseits des Feldweges zu liegen kam.

Sie fiel, wie wir von der Floskelhege zu sagen pflegen, auf fruchtbaren Boden. Verlockend genug für sie, um ihre holzige Hülle zu sprengen und einen Trieb auf Erkundung zu schicken. Der tastete sich vorsichtig voran, wand sich sanft bohrend durch die Krume, drang mählich in das Erdreich vor und stieß in der Tiefe auf eine Lagerstätte derart ergötzlicher Atzung, dass die Eichel umgehend Befehl gab, promptestens Wurzeln zu schlagen und unverzüglich mit dem Abbau zu beginnen.

Solcherart gefestigt und regelmäßig mit vorzüglichsten Nährstoffen versorgt, gedieh die kleine Eiche, streckte und reckte sich empor, und es dauerte nicht lange, da bildeten sich erste Knospen an ihrem noch zarten Geäst. Von der Frühjahrssonne warm umschmeichelt, barsten die Kapseln, und schon im nächsten Moment fand die kleine Eiche sich zu ihrer Überraschung in einem lindgrün prangenden Gewand wieder.

Das aber behagte ihr. Sie fand sich hübsch, wiegte sich stolz und anmutig im milden Sommerwind und genoss es, wie die zarten Brisen sanft durch ihre Blätter strichen.

Doch die goldenen Tage vergingen, der Herbst kam, und die Eiche bemerkte, dass ihre Blätter sich zu verfärben begannen. Sie nahm es mit Interesse und sogar gern zur Kenntnis. Zwar hatte ihr das sommerliche Grün sehr wohl gefallen, aber es war ihr mit der Zeit doch etwas eintönig erschienen, die farbliche Abwechslung daher durchaus willkommen, zumal sie fand, dass ihr die gedeckten Gelb- und rötlichen Brauntöne mit Resten von Grün zur Zierde gereichten.

Einen Schreck aber bekam die kleine Eiche, als eines ihrer Blätter vom Winde abgezupft wurde und schaukelnd zu Boden trudelte. Kurz darauf segelte noch ein zweites, dann ein drittes davon.

Sie wusste dafür keine Erklärung. Auch fühlten sich ihre Zweiglein lasch und lähmend taub an, zunehmend mürbe gar, als ob ihre Säfte langsam aus den Extremitäten ins Innere zurückflössen.

War sie womöglich erkrankt? Würde sie weitere Blätter verlieren? Am Ende gar wieder kahl werden?

Die umstehenden Gräser und Feldpflanzen waren von anderem Schlag und hatten keinen Rat für sie. In ihrer Not wandte sie sich himmelwärts, in Richtung der Fichten und Tannen, die sich jenseits des schmalen

Weges, der den Wald umfasste, so hoch in die Lüfte erhoben, dass sie die Wolken zu kitzeln schienen.

»Hallo?! Hört mich jemand?«, drang es dünn von tief drunten bis hinauf zu den dunklen Wipfeln. Die Nadelbäume raunten umeinander; man hatte wieder dieses oder jenes gehört, das danach verlangte, gleich weitergereicht zu werden. Das zarte Stimmchen der kleinen Eiche verlor sich in all dem Gewisper und Geflüster. Nur eine Fichte, die an des Waldes Rand ein Stück vor der äußersten Reihe zu stehen gekommen war, merkte auf. Erst im zweiten Hinsehen – es könnte auch das dritte gewesen sein, man weiß es nicht, denn Bäume haben ja keine Finger, die sie beim Zählen zu Hilfe nehmen können – entdeckte sie, die Rede ist noch immer von der Fichte, den vorwitzigen Spross, den sie bis dahin für eines der den Ackerrand besiedelnden Kräuter und Halme gehalten hatte. Knarrend neigte die Fichte ihr Haupt und fragte wirsch: »Sprichst du mit mir? Was gibt's denn, Kleinchen?«

Die grazile Eiche, froh darüber, dass sie gehört wurde, berichtete, was ihr zugestoßen war. Die Fichte spürte die tiefe Verunsicherung des Bäumeleins und wusste es zu trösten. »Mach dir mal keine Sorgen, dünnes Reis. Wir haben Herbst, es geht auf den Winter zu, und wenn es kalt wird, heißt es Kräfte sammeln, denn der Winter ist ein schamloser Räuber. Darum weg mit allem, was man nicht braucht. Hüte dich vor dem Frost, dem bissigen Gesellen, nimm alle Säfte nach innen. Dann kommst du gut durch die schwere Zeit.«

Der kleinen Eiche tat es weh, sich von ihrem gerade so famos herausgeputzten Blätterkleid trennen zu müssen. »Aber wie ist denn bei euch? Eure Blätter sind noch so schön grün. Und da fällt nichts herunter.«

Die Antwort der Fichte klang ein klein wenig hochfahrend. »Wir sind doch auch Nadelbäume, Kindchen. Wir sind stärker als ihr.«

»Kann ich nicht auch ein Nadelbaum werden?«

»Nein, das geht nicht. Du bist als Laubbaum auf die Welt gekommen und wirst ein Leben lang ein Laubbaum bleiben.«

Die kleine Eiche bedankte sich artig und versprach, die Ratschläge der weisen Fichte zu befolgen.

Dazu aber kam es nicht. Der Bauer hatte seine Ernte unter Dach und Fach und teilweise schon beim Endverbraucher, daher ein wenig Zeit und so beschloss er, vor Jahresschluss noch einmal für ordentliche Verhältnisse zu sorgen und den Rain zu mähen. Mit dem billig betankten Traktor knatterte er die Wagengleise entlang, und die seitlich ausgestreckte Mähmaschine warf mit gemeinem Zähneblecken alles nieder, was am Wegesrand über den Sommer herangewachsen war.

Das Gras stand im Frühling wieder auf. Nicht so die kleine Eiche. Der Stummel, den die Schneidemesser übrig gelassen hatten, war beim ersten Frost schnöde zugrunde gegangen.

Die Fichte winkte ein trauriges Ade und sinnierte kurz über die Endlichkeit allen Lebens, während eine harzige Zähre ihre Rinde hinabbrann. Sie selbst blickte auf ein gefahrenreiches Dasein zurück. Alle Jahre wieder zu

Weihnachten schwärmten die Menschen aus und richteten regelrechte Massaker unter den Nadelbäumen an. Abgehackt wurden sie, und ihrer Wurzeln und unteren Wedel beraubt brutal aus dem Tann gezerrt. Der Fichte war das Glück hold gewesen, sie hatte überlebt. In ihrem jetzigen Alter bestand kaum noch Gefahr. Zumindest nicht von dieser Seite.

Sie seufzte leise, reckte wohlig ihre Zweige und genoss den Sonnenschein, ein Vorbote des Frühlings, der erstmals nach den langen eisigen Wintermonaten wieder ihre Borke erwärmte. Drüben im Laubwald sprangen die Knospen der Eichen, Buchen und Ahörner auf und gebaren die prächtigsten Grüntöne, die den Augen eine Weide, aber allesamt nicht von Dauer waren.

Nun erhebt sich noch die Frage, warum diese Erzählung »Das Märchen der Wanderschnecke« heißt. Ganz einfach: Weil die Wanderschnecke im gemächlichen Vorüberkriechen Zeugin der oben beschriebenen Ereignisse wurde und dem Chronisten getreulich und nach bestem Erinnerungsvermögen in die Feder – uff, jetzt wird das Altfränkische aber überrissen, daher besser: – ins Schreibgerät diktierte, der sie unverfälscht, ohne Auslassungen oder Abstriche, Ausweitungen oder Zutaten, wie es sich von Alters her für Botenjungen, Postkutscher, Telegraphen, Korrespondenten und andere Fernmelder geziemt, aufzeichnete und hiermit der Öffentlichkeit zugänglich macht.

Die erhobene Frage darf sich dann auch wieder setzen.

DR. HARALD KELLER

Im Marienhospital geboren. Die Stadt als Taxifahrer, später als Journalist und Fotograf erkundet und als Wissenschaftler erforscht.
Ich schreibe überwiegend Artikel für Zeitungen
und Zeitschriften, Sachbücher, Romane.
Webpräsenz: untergeschoss.wordpress.com/;
kellerreportagefotografie.wordpress.com/

KILLER ORCHIDEE

Michael C. Goran

DER GARTEN DES HERRN PIRROT

Ich kann nicht genau sagen, warum niemand Herrn Pirrot mochte. Er war ein alter Witwer, der in einem kleinen, aber gepflegtem Haus lebte. Verwandtschaft hatte er nicht und seine Frau war vor Jahren gestorben, ohne Kinder gehabt zu haben. Die Einsamkeit macht verschroben und Herr Pirrot war niemand, der Gesellschaft suchte.

Das und die Tatsache, dass seine Frau unter unbekannten Umständen verstorben war, tat der Beliebtheit des alten Mannes nichts Gutes. Es hatte nicht lange gedauert und der gemeinste Tratsch hatte sich von den unmittelbaren Nachbarn über das ganze Viertel verteilt. Mal hieß es, er hätte seine Frau wegen einer Lebensversicherung umgebracht. Ein anderes Mal sollte seine Gier Schuld an ihrem Tod tragen, da er ihr kostspielige Medikamente vorenthalten hätte.

Dies alles ließ sich nicht nachweisen. Weder hatte der Tod von Frau Pirrot ihrem Mann einen finanziellen Segen bereitet, noch waren ihrem Hausarzt chronische Krankheiten bekannt gewesen und generell hatte es nicht am Geld gefehlt. Kurzum, es war nur Gerede, doch das hinderte die Menschen nicht daran, weiterhin

Gerüchte zu verbreiten. Dass der alte Mann sich derer nicht scherte, schien besonders eifrige Klatschmäuler nur herauszufordern. Doch Herr Pirrot kümmerte sich schlicht um seinen Vorgarten und ließ die Leute reden.

Wären alle Beteiligten dabei geblieben, hätte es nicht so enden müssen und niemand hätte sterben müssen. Doch als ich den Fall übernahm, war es bereits zu spät. Damals war es mir nur noch nicht bewusst.

Die Kinder hatten Herrn Pirrot schon immer Streiche gespielt, doch nach und nach, befeuert von den Gerüchten, verloren sie mehr und mehr an Hemmung. Ich vermute, es war die Mühe, die der alte Mann in die Pflege des Vorgartens steckte, welche die Beete zum Ziel machte. Es begann mit Müll, den die Jugendlichen in seinen Garten warfen. Dann waren es zertretene oder ausgerissene Pflanzen.

All dies nahm Herr Pirrot mit scheinbarer Gelassenheit hin. Er beseitigte die Schäden immer wieder aufs Neue und beschwerte sich nie. Im Viertel wurden die halbstarken Aktionen geduldet. Ja, insgeheim geduldet und so mancher Junge versuchte, die Streiche der anderen zu übertreffen.

Die Lage änderte sich, als eines Tages ganze Büsche herausgezogen und der komplette Vorgarten verwüstet wurde. Später rühmte sich ein gewisser Daniel Müller, 14 Jahre alt, die Großtat vollbracht zu haben. Ob er tatsächlich Urheber der Sachbeschädigung gewesen war, kann nicht mehr mit hinreichender Sicherheit festgestellt werden und bisher war es dem Dezernat nicht möglich, Daniels Körper vollständig wiederzufinden.

Bei den Vernehmungen versicherten mir die Nachbarn, dass Herr Pirrot sehr betroffen von dieser Schändung des Gartens war. Man hatte sogar Tränen im Gesicht des alten Mannes gesehen, billigte aber wie immer die Tat. Die allgemeine Meinung war, dass er es eben verdient hatte. Wie ich im Protokoll vermerkte, war diese Haltung, von Seiten des Dezernats, nicht nachzuvollziehen. Herr Pirrots ,Verbrechen' schien nur die Weigerung zur Kontaktaufnahme zu sein.

Dennoch kann ich heute sagen, dass sich ab diesem Zeitpunkt etwas in Herrn Pirrot bewegt haben musste. Vielleicht war die Verwüstung des Gartens einfach der berühmte Tropfen gewesen, der das Fass zum Überlaufen brachte. Diesmal begann er mit einer kompletten Erneuerung seines Vorgartens. Was sich in seiner Aussaat befand, lässt sich heute nicht mehr rekonstruieren, aber was es auch war, es ließ die Pflanzen in einer nie gekannten Geschwindigkeit wachsen.

In dieser Zeit sah man den alten Mann kaum noch, ihn hatte ein Leiden erfasst und man nahm an, dass er sich mit dem Neuanlegen des Gartens körperlich übernommen hatte. Der Vorgarten erhielt keinerlei Pflege, doch er gedieh wie nie zuvor. Prachtvolle Orchideen, mit einer nie gekannten Farbvariation und Blütensträucher, die einen anregenden Duft verströmten, schmückten den Vorgarten in nur zwei Wochen. Warum die Jugendlichen den Garten vorerst in Ruhe ließen, ist mir nicht bekannt. Es fand jedoch eine Veränderung bei den Bewohnern des Viertels statt. Zwar mochte man den alten Mann immer noch nicht, doch die Ästhetik des neuen Gartens wurde als sehr positiv aufgenommen. So kam es, dass man an dem Haus des Herrn Pirrot entlang spazierte, um sich an der wunderschönen Farbpracht des Vorgartens satt zu sehen.

In diesen Zeitraum fällt ein Phänomen, dass anfangs nicht mit Herrn Pirrot in Verbindung gebracht wurde. Zahlreiche Bewohner des Viertels hielten freilaufende Katzen, doch es schienen immer mehr Tiere nicht wieder zu ihren Eigentümern zurückzukehren. Man nahm an, dass die Tiere möglicherweise Verkehrsunfällen zum Opfer gefallen seien. Doch nachbarschaftliche Suchaktionen blieben ohne Erfolg, und als man eines Tages rund ein Drittel der Tiere vermisste, wurden den übrigen Felinen das Ausgangsprivileg gestrichen. Dank dieser Maßnahme hörte das Verschwinden, quasi über Nacht auf, doch die vermissten Katzen blieben verschwunden. Wenigstens fand man etwas Trost in dem wunderbaren Vorgarten des Herrn Pirrot, der, von einer bemerkenswerten Vitalität erfasst, besonders prächtig erblühte.

Später, nachdem etwas Gras über die Sache gewachsen war, ereignete sich eine andere Merkwürdigkeit, die als solche zunächst nicht wahrgenommen wurde. Der Eigentümer eines Hundes brachte seinen Border Collie zum Tierarzt, nachdem der Hund plötzlich immer apathischer wurde. Der Veterinär vermutete eine Vergiftung, da der Hund Kratzspuren und einige münzgroße Wunden aufwies. Er ließ das Blut des Tieres im Zentrallabor an der städtischen Klinik untersuchen und stellte ein unbekanntes Pflanzengift im Serum fest. Die

Vermutung kam auf, dass der Collie sich beim Schnüffeln in einem Beet an den Dornen einer giftigen Pflanze verletzt hatte und der Hundehalter erinnerte sich, dass er sein Tier zuletzt in dem Vorgarten des Herrn Pirrot herumtollen hatte lassen, ohne sich etwas dabei gedacht zu haben. Das Tier verstarb über Nacht. Man vermutete, der alte Mann hätte giftige Pflanzen auf seinem Grundstück, doch weder die Sträucher noch die Orchideen des Gartens verfügten über Dornen. Sie waren schlicht von erheblicher Pracht und manche behaupteten, ihre Blüten hätten dieselbe schnittige Eleganz wie der Kopf eines Raubtiers.

Etwa einen Monat später kam Daniel Müller am Abend nicht mehr nach Hause. Der Fall wurde meinem Dezernat zugeteilt, und nachdem sämtliche Suchaktionen erfolglos geblieben waren, gingen wir von einer Entführung aus, zumal die Eltern vermögend waren. Doch kein Entführer meldete sich. Unsere Ermittlungen ergaben, dass der Junge zuletzt in der Nähe des Vorgartens des Herrn Pirrot gesehen worden war. Freunde munkelten, Daniel hätte vermutlich wieder einen Streich ausgeheckt.

In meinem Falle war es das erste Zusammentreffen mit Herrn Pirrot. Mein Verdacht, dass der alte Mann dem Jungen etwas zuleide getan haben könnte, ließ sich nicht bestätigen, da er mich bereitwillig hereinließ und mich überall herumführte. Mit der Einwilligung von Herrn Pirrot suchten Spürhunde erfolglos sein Gelände ab. Damals fand ich es nicht verwunderlich, dass die Tiere den Vorgarten nur kurz beschnupperten, sich dann aber fernhielten. Da sich keine Fortschritte in dem Fall des Vermissten ergaben, wurden dem Dezernat neue Aufgaben zugeteilt. Schweren Herzens widmeten wir uns anderen Fällen, denn bei einer Kindesentführung möchte man bei der Aufklärung unbedingt erfolgreich sein.

Ging man nach der Aktenlage, war der Fall noch offen, aber im Prinzip war die Sache für das Dezernat erledigt, sofern sich nicht neue Anhaltspunkte ergaben. Diese traten erst einige Wochen nach dem Abzug der Beamten ans Licht.

Ein betrunkener Obdachloser hatte sich zur städtischen Klinik geschleppt und war zu nächtlicher Zeit vor dem Eingang der Notaufnahme zusammengebrochen. Der Mann, der den Namen Reinhold Grüntler trug, war mit münzgroßen Wunden übersät gewesen. Da er wegen Diebstahls zur Fahndung ausstand, erging eine Meldung an das Dezernat. Ich hatte in dieser Nacht Bereitschaftsdienst und fuhr mit einem Kollegen in die Klinik. Der behandelnde Arzt teilte uns mit, dass der Patient ansprechbar wäre und sein Blut derzeit analysiert würde. Während des Gesprächs mit dem Patienten hörte ich zum zweiten Mal den Namen Pirrot.

Laut eigenen Angaben hatte Grüntler, mit einer selbst für ihn ansehnlichen Menge Alkohol im Blut, einen Platz zum Schlafen gesucht. Er hätte sich dann einfach ,beim alten Pirrot' in den Vorgarten gelegt und wäre eingeschlafen. Dann sei er von schrecklichen Schmerzen geweckt worden. Er sei instinktiv von einem Überfall ausgegangen, doch es war niemand zu sehen gewesen. Vielmehr behauptete Grüntler, das Gestrüpp hätte sich um seinen Körper gelegt und versucht ihn ‚in die Tiefe' zu ziehen. Ich fragte mich, ob er sich nicht eher im Schlaf an einer giftigen Pflanze gerieben oder gekratzt hatte, aber die Menge der Wunden sprach gegen diese Theorie.

Während des Gesprächs hatte sich der Zustand des Mannes verschlechtert, so dass wir ihn schließlich in Ruhe ließen. Kurz bevor wir die Klinik verlassen wollten, legte uns der Arzt den Laborbericht mit einer interessanten Notiz vor. Bei der Untersuchung von Grüntlers Blut war ein unbekanntes Pflanzengift entdeckt worden. Die Substanz ähnelte einem Verdauungssekret und zersetzte die Körperzellen sukzessiv. Eine Überlebenschance sei aus ärztlicher Sicht nicht ersichtlich. Die Notiz verwies auf einen früheren Fall, bei dem dasselbe Pflanzengift im Zentrallabor schon einmal nachgewiesen worden war. Es ging um den besagten Collie, der ebenfalls münzgroße Wunden erlitten und durch das Gift verendet war. Das Tier sollte sich zuvor ebenfalls im Garten des Herrn Pirrot aufgehalten haben.

Grüntler verstarb gegen vier Uhr in der Früh an den Auswirkungen des Gifts, keine Stunde später nachdem wir seine Vernehmung beendet hatten. Für mich war nun klar, dass bei Herrn Pirrot etwas nicht stimmte. Möglicherweise wuchsen bei dem alten Mann tatsächlich giftige Pflanzen.

Noch in den Morgenstunden stellten wir eine Absperrung um den Vorgarten des Herrn Pirrot. Er schien überrascht zu sein, als ich, begleitet von einer rasch zusammengestellten Kommission, bei ihm klingelte. Während ein Botaniker die Bepflanzung des Vorgartens prüfte, sah Herr Pirrot zu. Ich denke, zu diesem Zeitpunkt muss er sich gefragt haben, ob er eingreifen sollte. Er tat nichts, schaute einfach nur zu und ließ das Unheil seinen Lauf nehmen.

Die Plötzlichkeit des Aufschreis überraschte uns alle. Der Botaniker hatte ein Blatt umdrehen wollen, als sich eine der übergroßen Blüten um einen seiner Finger geschlossen hatte. Als wir ihn herauszerren wollten, bemerkten wir, dass sich Ranken um seine Füße gewickelt hatten und immer stärker zuzogen. Weitere Blüten bissen auf ihr Opfer ein und drei Beamte waren nötig, um den Gutachter zu befreien. Dort, wo die Blüten Hautkontakt gehabt hatten, waren münzgroße Wunden zu erkennen.

Wir brauchten einen Moment, um den Schock zu überwinden, bis mir klar wurde, dass sofort ein Rettungswagen benötigt wurde. Ich hatte mit scharfen Blättern oder versteckten Dornen gerechnet, aber nicht mit diesem Ausgang.

Herr Pirrot hatte das Geschehen teilnahmslos beobachtet und zuckte nur mit den Achseln, als ein Kollege brüllend Auskunft über die ‚Scheiß-Pflanzen' forderte. Der Botaniker wurde unverzüglich ins Krankenhaus gebracht und Herr Pirrot vorläufig festgenommen.

Ich wusste, das Gift war tödlich und den Ärzten fehlte ein Gegenmittel. So verschafften wir uns ohne Durchsuchungsbefehl Zugang zum Haus, in der Hoffnung etwas zu finden, dass zur Lebensrettung beitrug. Doch mit dem was wir fanden, hatte ich nicht gerechnet.

Herr Pirrot führte ein ordentliches, gepflegtes Leben. Aber nur im Erdgeschoss.

Im Keller tat sich eine andere Welt auf.

Unzählige Glaskanülen und Reagenzgläser standen sorgfältig positioniert in zahlreichen Regalen. Fast alle waren durch Plastikschläuche verbunden und führten zu diversen Apparaturen, die wie Brutkästen wirkten. Versuchsanordnungen zeigten Experimente, deren Sinn nicht nachvollziehbar war, und in einem Kühlschrank fanden wir eine große Anzahl Blutbeutel. Es waren Eigenblutkonserven, die sich Herr Pirrot, zu welchem Zweck auch immer, selbst angelegt hatte. Dieser bizarre Fund ließ uns schwindelig werden. Leider konnten wir nichts sicherstellen, was akut von Nutzen war.

Unser botanischer Gutachter verstarb einige Stunden später im Krankenhaus.

Auf Anweisung des Staatsanwalts wurde die Bepflanzung des Vorgartens noch am selben Tag entfernt. Erneut wartete ein Schockerlebnis. Knapp unter der Erdoberfläche fanden wir das Skelett eines Kindes und die knöchernen Überreste zahlreicher, kleiner Tiere. Alle Skelette waren fest von Ranken und Wurzelwerk umschlungen, so als seien sie davon in den Erboden gezogen worden.

In den nächsten Tagen stellte das Dezernat das Grundstück auf den Kopf, allerdings ohne bedeutende Funde zu machen. Doch die Erkenntnis, dass der alte

Mann früher als Genetiker gearbeitet hatte, brachte weitere Unruhe in den Fall Pirrot.

Dieser sollte noch ein weiteres Todesopfer fordern. Die Kollegen aus der Justizvollzugsanstalt teilten eines Morgens zähneknirschend mit, dass sich der alte Mann in seiner Zelle das Leben genommen hatte.

MICHAEL C. GORAN

Ich bin im Ruhrgebiet aufgewachsen und kam für ein Studium nach Osnabrück. Nach dem Abschluss lebe ich in Osnabrück und arbeite in der Region. Schon seit meiner Jugend schreibe ich Erzählungen und Kurzgeschichten in verschiedenen Genres und erfinde Spiele.

KAKTUS

Acanthocalycium ferrarii

Anja Stephan

MEIN KLEINER GRÜNER KAKTUS

Charlotte saß auf dem Bett und starrte auf das offene Fenster. Die Sonnenstrahlen fielen warm ins Zimmer und hinterließen ein schönes Muster auf dem Boden. Sie drehte den Kopf, um einen kurzen Blick auf die Uhr zu werfen. Es war schon Nachmittag und er war immer noch nicht da. An anderen Tagen wäre sie nervös in der Wohnung auf und ab gelaufen, hätte alle seine Freunde abtelefoniert und sich bei seiner Mutter nach ihm erkundigt. Heute saß sie seelenruhig auf dem Bett und wartete auf ihn. Sie wartete, dass er in die Straße einbog und nach den ersten Schritten die Kartons und Tüten auf dem Rasen entdeckte, die sich dort türmten. Bei näherer Betrachtung würde er feststellen, dass es seine Sachen waren, die sich in diesen Kartons und Tüten befanden, und die mittlerweile lose auf dem Rasen verteilt waren, weil sämtliche Anwohner sie durchgewühlt und mitgenommen hatten, was sie für brauchbar hielten. Wenn sie darüber nachdachte, hätte sie einen Flohmarkt daraus machen können. Dann hätte es sich noch mehr für sie gelohnt, dass der junge Mann von gegenüber jetzt eine neue Lederjacke hatte.

Jemand schrie.

Na endlich! Charlotte sprang auf und stürzte zum Fenster. Da stand er. Er trug noch dieselbe Kleidung wie gestern, als er gegangen war. Seine Haare waren zerzaust. Jetzt stand er da und blickte auf das Chaos vor ihrem Haus.

»Charlotte!«, rief er. »Was hast du getan?«

Sie straffte die Schultern. »Das ist ja wohl offensichtlich.«

Die ersten Gardinen schoben sich zur Seite. Zufrieden lächelte sie.

Er breitete die Arme aus und wies auf den Haufen, aus dem gerade noch ein Mann die CD-Sammlung herausfischte und genauer betrachtete.

»Aber wieso?«

»Ich habe es satt, auf dich zu warten.«

»Das sind meine Sachen!«

Sie nickte. »Na, ich werde ja wohl nicht meine eigenen Sachen aus der Wohnung tragen.« Er sollte froh sein, dass sie nur dies gemacht hatte. Mariah Carey hatte ihren Exfreund auf ein paar Millionen Dollar verklagt, weil er ihre Zeit verschwendet hatte. Charlotte fand, sie hätte eine doppelt so hohe Summe einfordern können. Immerhin hatte sie ganze zwei Jahre an ihn verschwendet.

Mach eine Szene, hatte ihre Freundin gesagt. Und es war einfacher als gedacht.

»Heißt das etwa, du machst Schluss?«

Charlotte griff nach einem seiner Plüschtiere, die er gehortet hatte, und warf es nach ihm. »Wonach sieht das denn sonst aus?«

Der erste Wurf war noch etwas unbeholfen, aber

das sollte man ihr verzeihen, immerhin machte sie zum ersten Mal eine Szene. Dann flogen nacheinander die Elefanten, Giraffen, Teddybären, Einhörner, Hunde und Katzen aus dem Fenster und prasselten auf den Mann nieder, der verzweifelt hin und her sprang, um das ein oder andere Tier zu retten.

»Was tust du mir an?«

Charlotte hielt inne, mitten im Wurf eines knallbunt gestreiften Eichhörnchens mit glitzernden Augen. Er hatte die Nerven sie zu fragen, was sie ihm antat? Sie holte aus und schleuderte das Kuscheltier in seine Richtung. Sie verfehlte ihn um Längen, doch das Ding landete in einer Pfütze. Er jaulte wie ein geschlagener Hund und schlug die Hände über seinem Kopf zusammen.

»Das fragst du mich?« Sie stützte sich auf der Fensterbank ab und lehnte sich aus dem Fenster. »Wer hat denn deine albernen Ideen unterstützt? Wer hat dir den Rücken freigehalten für all deine Aktivitäten? Dabei hast du nichts gemacht! Nicht mal arbeiten warst du! Und wenn ich mal raus wollte, ins Kino, in den Zoo, dann warst du grundsätzlich zu müde dazu! Zu müde vom Nichtstun!«

Sie tastete nach einem weiteren Plüschtier, doch die Tüte, in der sie sie gesammelt hatte, war leer. Sie hatte es übertrieben. Beim nächsten Mal war sie sparsamer. Verzweifelt suchte sie nach etwas, das sie nach ihm werfen konnte, aber sie hatte bereits alle seine Sachen vor die Tür gebracht. Dann fiel ihr Blick auf den Blumenständer. Seine Kakteensammlung. Sie grinste böse, als sie darauf zu ging. Seine Kakteen waren ihm schon immer das Liebste gewesen. Sie standen in Reih und Glied, fein säuberlich beschriftet mit ihren botanischen Namen und alphabetisch geordnet auf dem Ständer und sahen ganz unschuldig aus. Als erstes musste *Acanthocalycium ferrarii* daran glauben, ein kleiner kugeliger Kaktus in Säulenform mit einer lilafarbenen Blüte. Eigentlich ganz süß. Sie griff nach dem Töpfchen, in dem der Kaktus stand und ging damit zum Fenster. Demonstrativ hielt sie die Wüstenpflanze hoch. Er brauchte ein paar Sekunden, um zu begreifen, was sie da gerade im Begriff war zu tun.

»Nein! Nein, Nein, Nein, Nein!«, rief er und fuchtelte mit den Händen in der Luft herum. »Das kannst du nicht tun!«

Dann warf sie.

Er sprang drauf los, um den Topf zu fangen. Zufrieden grinste sie, als sie ihn schreien hörte. Er hatte offenbar nicht den Topf erwischt.

»Rosamunde!«

Rosamunde? Er hatte ihnen Namen gegeben? Das war zu viel! Sie marschierte erneut zum Blumenständer und wählte *Neobuxbaumia polylopha*, der aussah wie eine kleine Keule mit Stacheln. Wie würde der heißen?

»Du gibst ihnen Namen?«

»Tu das nicht! Bitte!«

»Du gibst ihnen Namen!«

Sie schleuderte die Pflanze in seine Richtung. Und wieder eilte er, um sie zu fangen, wieder schrie er. Dann flogen *Isolatocereus*, *Ortegocactus* und *Weingartia neocumingii* zum Fenster heraus. Zweimal klirrte es. Einmal schrie er.

»Charlotte! Bitte!«

Sie griff sich eine kleine *Schlumbergera*, ein traurig hängendes Gewächs mit pinkfarbenen großen Blüten.

»Nein!«, schrie er, als sie ans Fenster trat. »Nicht Hilde!«

Sie beförderte Hilde mit Schwung aus ihrer Wohnung. Dann warf sie *Yavia cryptocarpa*, der so klein war, dass er mit Topf in ihre Handfläche passte.

»Wie heißt der hier?«

»Das ist Roswitha!«

»Ach, ich hätte vermutet, du hättest ihn nach deinem Penis benannt!«

Die Szene machte ihr zunehmend mehr und mehr Spaß. Sie fragte sich, warum sie das nicht bereits bei anderen Exfreunden in ihrem Leben getan hatte. Die Gesellschaft verlangte, dass sich ein Paar still und vernünftig trennte. Lass uns das ausdiskutieren. Können wir bitte vernünftig darüber reden? Diese Sätze hatte sie schon zu oft gehört. Und es war an der Zeit, dass sie sich von diesen Ketten löste, eine Szene machte. All ihre Wut, ihre Verzweiflung über das ganze Reden und Diskutieren und dann doch nicht verstanden zu werden. Denn es war überhaupt nicht einfach sich zu trennen, auch dann nicht, wenn man alles ausdiskutierte oder sich vernünftig darüber beratschlagte, wie die Trennung am leisesten vollzogen werden könnte. Es gab immer einen, der darunter zu leiden hatte. Und meist war sie es gewesen.

Sie griff nach einer Mila, deren Stacheln fest und lang waren.

»Nicht meine Mila!«, rief er. Jetzt wurde er wütend. »Wenn du das tust, dann ...«

Ja, was denn dann? Sie wartete.

»… dann trenne ich mich von dir!«

Sie holte aus. »Zu spät!« Sie traf ihn an der Schulter, er jaulte. Die Stacheln hatten sich durch das dünne Shirt gebohrt. Jemand klatschte Applaus und jubelte. Eine Reihe Fenster hatte sich geöffnet und ein paar ältere Damen lehnten sich nach draußen.

»Zeig's ihm, Mädchen!«, rief eine von ihnen. Charlotte kannte sie. Sie war einmal zu ihnen rübergekommen und hatte ihren Freund – jetzt Exfreund – zusammengefaltet, weil sie durch das offene Küchenfenster gesehen habe, wie er sie schlug. Es hatte sie einige Mühe gekostet die Frau davon zu überzeugen, dass er sie nicht geschlagen hatte, sondern lediglich ein paar KungFu-Gesten demonstrieren wollte. In dieser Phase hatte er es sich in den Kopf gesetzt, KungFu-Star zu werden. Dann hatte er aber feststellen müssen, dass Training harte Arbeit war und sofort wieder damit aufgehört. Dass er einfach nur Bruce Lee aus den Filmen nachahmte, erschien der Dame derart lächerlich, dass sie ihm nicht geglaubt hatte. Charlotte hatte am nächsten Tag ein Infoblatt des Weißen Rings in ihrem Briefkasten gefunden.

Sie nahm sich *Pelecyphora* und hielt ihn hoch, der aussah wie ein Magengeschwür. Sie warf ihn und der Topf zerschmetterte auf dem Boden.

»Gundula …«, jammerte er und hob das zerstörte Pflänzlein sanft vom Boden auf.

Der letzte Kaktus war eine *Obregonia*, der sie an eine Artischocke erinnerte. Eine Artischocke mit weißen Blüten als Hut.

»Das ist deine letzte Freundin!«, rief Charlotte und präsentierte ihm die Pflanze.

»Lass mir wenigstens Beyoncé!«, flehte er.

Charlotte war schockiert. »Du kannst doch dieses hässliche Ding nicht nach Beyoncé benennen!« Sie warf die stachelige Artischocke hinaus und damit das letzte Überbleibsel ihrer Beziehung. Nie hatte ihr eine Trennung mehr Spaß bereitet.

Jetzt war sie frei.

ANJA STEPHAN

Anja Stephan hat vor 15 Jahren Osnabrück als Heimat erklärt. Sie hat leider gar keinen grünen Daumen, hat ihrem Mann aber durchaus schon Sachen hinterhergeworfen. Sie schreibt vornehmlich im Urban Fantasy. Ihr Debüt veröffentlichte sie im April 2017. Zurzeit schreibt sie Kurzgeschichten und Novellen.
Webpräsenz: Anjastephan.wordpress.de

STRAUSSENFARN

Matteuccia struthiopteris

Alida Leimbach

FRÜHSTÜCK UM HALB ZEHN

»Da ist er wieder!« Marvin blieb mit seiner Schubkarre stehen und deutete in südliche Richtung. In seiner schlabbrigen Latzhose, dem rotkarierten Hemd und den dunkelgrünen Gummistiefeln sah er aus wie John-Boy von den Waltons.

»Wer?« Laura stellte nun ebenfalls ihre Schubkarre ab.

»Na, der schräge Vogel, von dem ich dir erzählt habe. Der Farnfreak. Jeden Morgen um halb zehn frühstückt er bei den Farnen. Nur bei Regen kommt er nicht.«

Laura schüttelte den Kopf. »Leute gibt's. Einsamer Wolf, hm? Oder seine Alte schmeißt ihn zu Hause raus, weil sie in Ruhe putzen will. Weißt du, wie er heißt?«

»Soll ich ihn mal fragen?«

Sie bändigte ihre langen Haare mit einem Haargummi und lächelte ihn herausfordernd an. »Wenn du dich traust!«

»Warum nicht? Wir arbeiten schließlich hier und können ihm vielleicht noch was erzählen. Ich gehe mal hin.« Er zwinkerte ihr zu.

Laura hielt sich dicht hinter ihm. Der grauhaarige, etwas gebeugte Mann mit Strohhut, der andächtig vor den Farnen, Moosen und Bärlappgewächsen stand, war ihr nicht ganz geheuer.

»Hallo«, sagte Marvin und strich sich verlegen den überlangen Pony aus dem Gesicht. »Interessieren Sie sich für die Landpflanzen?«

Der Mann fuhr herum. Es dauerte ein paar Sekunden, bis er sich gefangen hatte. Ein schmales Lächeln huschte über sein Gesicht. »Ja, interessante Gewächse.« Er lupfte seinen Strohhut. »Mich faszinieren die schon lange. Kaum vorstellbar, dass es diese Pflanzen überhaupt noch gibt. Es waren die ersten Landpflanzen überhaupt. Schon in der Karbonzeit vor 300 Millionen Jahren besiedelten sie dichte, sumpfige Urwälder. Sie haben Wurzeln, aus denen sie Wasser ziehen, wobei die feinen, gerollten Blätter mit einer Kutikula bedeckt sind, einer Wachsschicht, die einen hervorragenden Verdunstungsschutz bietet.«

»Interessant, oder?«, meinte Marvin, in der Hoffnung, seinen Redeschwall unterbrechen zu können.

»So können sie lange Wasser speichern«, fuhr der Fremde unbeirrt fort. »Das Wachstum dieser Pflanzen geht übrigens vom Blatt aus, nicht von der Wurzel. Am besten gedeihen sie an feuchten, schattigen Plätzen wie hier. Haben Sie gewusst, dass es 9000 bis 13000 Farnarten gibt? Die meisten Menschen gehen achtlos an ihnen vorbei, dabei haben gerade diese Pflanzen eine besondere Daseinsberechtigung, muss man wissen.«

Marvin warf Laura einen vielsagenden Blick zu, bevor er sich wieder dem seltsamen Unbekannten zuwandte. »Hm, dann brauche ich Ihnen nichts mehr zu erzählen, Sie wissen ja gut Bescheid. Ich habe Sie schon öfter gesehen, Sie kommen regelmäßig in den Botanischen Garten. Gefällt es Ihnen hier?«

»Sehr sogar. Das ist ein wundervoller Ort zum Frühstücken.«

»Ah, deshalb der Rucksack.« Marvin reckte sein Kinn in die Richtung. »Ja, ich glaube Ihnen, hier kann man kann es aushalten. Ein hübsches Schattenplätzchen, auf jeden Fall ruhiger als im Freibad.«

»In Freibäder gehe ich seit meiner Jugend nicht mehr, muss man wissen.«

»Ich heiße übrigens Marvin, bin Gärtner, und das ist Laura. Sie studiert Landschaftsentwicklung an der FH Osnabrück und macht gerade ein dreiwöchiges Praktikum. Eine Woche ist leider schon rum. Die Zeit vergeht viel zu schnell.« Er warf ihr einen verstohlenen Blick zu.

Eberhard Pörschke nickte abwesend. Botanische Pflanzen schienen ihn mehr zu interessieren als Menschen.

Marvin räusperte sich. »Darf ich Sie auch nach Ihrem Namen fragen?«

»Pörschke«, antwortete der Mann steif. »Eberhard Pörschke.« Erneut lupfte er seinen Hut.

»Und Sie kommen nur wegen der Farne, Herr Pörschke?«

»Ja, sicher, nur wegen der Farne.« Er errötete und zog sich den Strohhut tiefer ins Gesicht. »Wenn Sie erlauben, dann möchte ich jetzt gerne in Ruhe mein Frühstück genießen. Der Kaffee wird sonst kalt«, hüstelte er. »Muss man wissen.«

»Ja klar!« Verlegen zupfte sich Marvin am Ohr. »Entschuldigen Sie die Störung. Soll nicht wieder vorkommen. Genießen Sie Ihr Frühstück. Bis morgen vielleicht.«

»Ja vielleicht.« Der Mann steuerte die freie Bank an und stellte seinen Rucksack ab.

»Seltsamer Vogel«, raunte Laura, als sie außer Hörweite waren. »Nicht ganz von dieser Welt, oder? Aber schöne Augen hat er. Weißt du, an wen er mich erinnert? An diesen österreichischen Schauspieler, der schon einmal einen Oscar gewonnen hat, wie heißt er noch gleich?«

»Christoph Waltz?«

»Ja, genau, den meine ich.«

»Hast recht, der könnte sein Bruder sein. Eigenartig ist er ja. Was an Moosen, Farnen und Bärlappgewächsen so toll sein soll, verstehe ich nicht«, meinte Marvin. »Oder hast du Lust, heute Abend darüber zu fachsimpeln? Bei einem Bier vielleicht in der Grünen Gans? Ich könnte für 20 Uhr einen Tisch reservieren, wenn du magst.« Er lächelte verlegen.

Für lange drei Sekunden ließ sie ihn zappeln. »Okay, einverstanden. Ich wollte immer schon wissen, was es mit Farnen so auf sich hat. Spannende Sache«, sagte sie augenzwinkernd. »Ich werde pünktlich sein.«

***

Eberhard Pörschke nippte an seinem Kaffee. Er ärgerte sich über seine Redseligkeit. Ohne großen Aufwand hätte er einen anderen Namen nennen können, einen Allerweltsnamen, wie zum Beispiel Michael Meier oder Martin Müller. Davon gab es in der Stadt sicher mehrere. Aber er war so treu-doof, seinen eigenen Namen zu nennen. Leider gab es nur einen einzigen Eberhard Pörschke in Osnabrück. Er hatte noch die Stimme seiner Mutter im Ohr: »Wer einmal lügt, dem glaubt man nicht, und wenn er auch die Wahrheit spricht.« Ein anderer Lieblingsspruch von ihr lautete: »Du hast gelogen. Ich sehe es dir an. Wer lügt, wird rot!«

»Danke, Mama«, presste er schmallippig hervor. »Danke für deine gründliche Erziehung!« Etwas versöhnlicher fügte er hinzu: »Dafür haben deine Leberwurstbrote besser geschmeckt als meine. Das ist auch so eine Sache, die ich vermisse, sehr sogar, muss man wissen.«

Gedankenverloren biss er ein großes Stück ab. Früher, als er noch im Schuldienst war, hatte seine Mutter ihm die Brote geschmiert. Sie hatte seine Wäsche gewaschen, sein Zimmer sauber gehalten, für ihn eingekauft und gekocht. Nun war sie tot und er musste für sich selbst sorgen. Das war nicht einfach. Verloren kam er sich vor, verloren und verlassen in einer immer kälter werdenden Welt.

Kurz war er verheiratet gewesen, mit Frauke, aber das hatte nicht lange gehalten. Kennengelernt hatten sie sich bei einem Abendessen unter Freunden. Schnell erklärten sie den Botanischen Garten zu ihrem Lieblingsort in der Stadt. Es gab kaum einen Sonntag, an dem sie nicht einen Spaziergang dahin unternahmen. Eigentlich war Frauke eine patente, fleißige, warmherzige Frau. Zumindest bis zur Heirat. Kurz darauf begann sie zu sticheln und hetzen wie seine Mutter. Immer wieder versuchte sie ihn umzuerziehen und ihm seine Marotten auszutreiben, wie sie es nannte. Aber dafür konnte sie den Haushalt prima in Schuss halten und wunderbar kochen und backen. So gut, dass auch sein ehemals bester Freund Volker auf sie aufmerksam geworden war. Vor zwei Jahren – Eberhard hielt sich gerade mit seinem Oberstufenkurs in Rom auf –, hatte Volker das spitzgekriegt und sich bei Frauke zum Kaffee angemeldet. Was dann geschah, hatte Frauke ihm in einem schwachen Moment gebeichtet. Eine schwer verdauliche Geschichte, er hatte geweint, zum ersten Mal, seit sein Vater ihn verlassen hatte. Damals war er zehn Jahre alt gewesen. Eberhard seufzte tief. Die Enttäuschung, die ihm diese beiden Menschen bereitet hatten, nagte noch immer heftig an ihm.

Es war vorbei, sein Vater würde nie wiederkommen, Frauke war auch für immer weg, und er war wieder allein.

Vielleicht war er Frauke gegenüber zu ungeduldig gewesen, zu unversöhnlich. Er hatte das alles nicht gewollt. Aber es gab Dinge im Leben, die ließen sich nicht wieder rückgängig machen. Für manche Fehler bezahlte man bis an sein Lebensende und manches Geheimnis nahm man mit ins Grab.

Eberhard dachte an die Tiefkühltruhe in seinem Keller, an die vielen prallgefüllten Gefrierbeutel und Frischhaltedosen. Sein Herz begann gewaltig zu klopfen. Er musste sich beeilen, sie loszuwerden, sonst könnte er sein Haus, an dem so viele schreckliche Erinnerungen hafteten, nicht bis zum Herbst verkaufen. Und er selbst hatte bereits den Kaufvertrag für eine Wohnung in Hellern unterschrieben.

Trübselig öffnete er eine weitere Tupperdose und

schnupperte daran. Der Duft des auftauenden Fleischstückes bereitete ihm Unbehagen.

***

Der nächste Morgen war schon so mild, dass die Mitarbeiter des Botanischen Gartens sich beeilen mussten, wenn sie nicht die körperlich schweren Arbeiten in der Mittagshitze verrichten wollten. Marvin und Laura hatten wieder ihren Arbeitseinsatz in der Nähe der Farne. Dort wollten sie ein neues Beet für Wildkräuter anlegen. Sie waren heute spät dran; der Abend war lang geworden und die laue Nacht hatte nur wenig Schlaf gebracht. Eng umschlungen standen sie hinter einer Rhododendronhecke und küssten sich.

»Hoffentlich denkst du jetzt nicht schlecht von mir«, sagte sie leise. »Ich bin nämlich eigentlich nicht so.«

»Wie bist du nicht?«, neckte er sie und strich ihre langen Haare zurück.

»Normalerweise steige ich nicht gleich mit einem Typen ins Bett und verbringe die Nacht mit ihm. Das habe ich noch nie gemacht.«

»Das nehme ich dir auch schwer übel«, sagte er mit einem schiefen Lächeln. »Ganz schwer. Unverzeihlich, wirklich, du!«

»Verspotte mich nur. Ich habe es nicht anders verdient. Was macht eigentlich unser seltsamer Freund? Hast du den heute schon gesehen?«

Mit einem Blick auf die Uhr erschrak er. »Verdammt, so spät. Er ist bestimmt schon weg. Langsam sollten wir anfangen, wenn wir vor Feierabend fertig werden wollen. Gibt viel zu tun heute. Und das bei der Hitze!« Er nahm die Schubkarre wieder auf.

Es waren nur noch wenige Meter bis zum Gelände mit den Landpflanzen. Unmittelbar vor den Moosen, Farnen und Bärlappgewächsen entdeckten sie ihn. Er kniete auf dem Boden und war damit beschäftigt, mit einer Schaufel Erde zur Seite zu schippen.

»Was macht er da?«, flüsterte Laura stirnrunzelnd.

»Du, ich glaube, der buddelt was aus. Das darf doch nicht wahr sein. Der wird uns doch nicht beklauen? So geht das aber nicht, ich werde den mal zur Rede stellen.«

Marvin straffte sich, warf seinen langen Pony zurück und ging mit einem Räuspern auf den Mann zu. Normalerweise war er nicht so mutig, aber er wollte vor Laura nicht kneifen. »Hallo, darf ich mal fragen, was das werden soll?«, fragte er mit fester Stimme.

Der Mann zuckte zusammen. Verlegen rappelte er sich auf und versteckte etwas hinter seinem Rücken.

»Zeigen Sie mal, was Sie da haben!«, sagte Marvin forsch.

Eberhard Pörschke schüttelte den Kopf. »Ich habe nichts«, sagte er kleinlaut und wechselte die Schaufel hinter seinem Rücken von einer Hand in die andere.

»Geben Sie zu, Sie wollten einen Farn ausgraben. Sie haben extra eine Gartenschaufel von zu Hause mitgebracht. Es ist nicht erlaubt, Pflanzen auszubuddeln. Das ist Diebstahl, das muss ich zur Anzeige bringen.«

»Nein, das ist nicht so, wie Sie denken, wirklich nicht«, entrüstete sich der Mann. »Ich habe nichts Verbotenes getan.« Er wendete seinen Blick ab.

»Öffnen Sie mal Ihren Rucksack, ich möchte einen Blick hineinwerfen, sonst muss ich Sie leider hier festhalten, während meine Kollegin den Geschäftsführer holt.«

Zögerlich kam Pörschke der Aufforderung nach.

Marvin inspizierte den Inhalt mit zusammengekniffenen Augen. Es befand sich aber tatsächlich kein Diebesgut darin, nur eine Thermoskanne, diverse Frischhaltedosen und eine zusammengerollte Tageszeitung. »Was hatten Sie denn mit der Schaufel vor?«

»Gar nichts«, erwiderte der Mann achselzuckend und wurde augenblicklich rot. Um die Röte zu verbergen, zog er sich den Hut tief ins Gesicht. »Ein alter Kindheitstraum von mir. Ich wollte einfach ein bisschen in der Erde buddeln. Für mich ist es eine Art Meditation. Manche Menschen umarmen Bäume, ich wühle in der Erde, muss man wissen.«

»Ob man das wissen muss, weiß ich nicht«, zischte Marvin, der mit seiner Geduld langsam am Ende war. Schweißtropfen standen auf seiner Stirn, die er mit dem Unterarm wegwischte. Er wechselte einen genervten Blick mit Laura.

Einen Abschiedsgruß und eine Entschuldigung murmelnd, gingen sie weiter.

»Blödmann«, zischte Marvin, als sie den Bereich der Farne verlassen hatten. »Der hat sie doch nicht alle.«

»Total weltfremd«, sagte Laura kopfschüttelnd.

***

»Mir lässt das keine Ruhe«, meinte Marvin bei der

Mittagspause in der Kantine. »Lass uns nochmal hingehen und schauen, was er da getrieben hat.«

»Was soll er schon gemacht haben, er ist ein armer Irrer, ein Einzelgänger, esoterischer Pflanzenfreak, wie auch immer, völlig verschroben, lass ihn doch. Mir ist es im Moment zu heiß da draußen. Ich brauche das jetzt nicht.«

»Da ist es schattig. Ich möchte einfach noch einmal in Ruhe nachsehen, ob etwas fehlt. Dann können wir morgen gleich mit dem Geschäftsführer zusammen auf ihn warten.«

»Okay, wenn du unbedingt den Hilfssheriff spielen willst«, meinte Laura wenig motiviert und trank den Rest ihres Kaffees aus.

Zehn Minuten später hatten sie das Farngelände erreicht. Marvin hatte einen Spaten mitgenommen und begann an der Stelle zu graben, an der er den seltsamen Mann bei seinem Treiben beobachtet hatte. »Oh shit«, rief er plötzlich aus, nachdem er sich etwa einen halben Meter vorgearbeitet hatte. »Heilige Scheiße, was ist das hier?«

Laura blickte kurz hin, sah, wie sich vier bleiche Finger mit den Resten von rotem Nagellack wie Spargelspitzen durch die Erde bohrten, und hielt sich die Hand vor den Mund, um nicht laut loszuschreien.

»Das ist ja wie im Film«, presste Marvin hervor. »Das ist doch nicht real, hier liegt eine Tote, ich glaub das nicht!« Dann warf er den Spaten weg und zückte sein Handy.

***

Noch am selben Nachmittag klingelte es an Eberhard Pörschkes Haustür. Ihm rutschte das Herz in die Hose, als er zwei Polizeibeamte durch den Spion erkannte.

»Wohnt hier ein Eberhard Pörschke?«, fragte einer der Beamten.

Eberhard schluckte und nickte. »Ja«, sagte er beklommen.

»Wohnt hier auch eine Frauke Pörschke-Herkenhoff?«

Sein Herz setzte für einen Moment aus. »Ja«, hauchte er und wischte sich mit den Händen über die errötenden Wangen.

»Können wir uns irgendwo in Ruhe unterhalten?«

Eberhard senkte den Kopf und trat zur Seite.

»Wo ist Ihre Frau?«, fragte der Jüngere und sah sich suchend um. »Wir möchten Ihre Frau sprechen.«

ALIDA LEIMBACH

Geboren bin ich in Lüneburg und dann im Grundschulalter nach Osnabrück gezogen, weil mein Vater Sehnsucht nach seinem Elternhaus hatte. Meine Urgroßeltern haben in den 20er Jahren ein Haus am Westerberg gebaut. Das wurde dann auch mein Elternhaus. Inzwischen lebe ich mit meiner Familie in Gießen und fühle mich dort sehr wohl. Alle paar Wochen zieht es mich jedoch weiterhin nach Osnabrück, Verwandte und Freunde besuchen.

Als Kind habe ich gerne im Botanischen Garten gespielt, als das Gelände noch ein Steinbruch war. Erfahrungen daran sind in meine Bücher eingeflossen.

Mit einem Kinderbuch, das vor neun Jahren in einem Schreibseminar entstanden ist, fing alles an. Dann folgten in kurzer Abfolge Romane, hauptsächlich Kriminalromane, sowie Kurzgeschichten.

Homepage: www.alida-leimbach.com

Fan-Seite bei Facebook unter Alida Leimbach, https://www.facebook.com/alidaelisabeth.leimbach

HIMMELSLEITER

Polemonium caeruleum

Aly Ra

DIE ERSTEIGUNG DER *POLEMONIUM CAERULEUM*

Die Auserwählten saßen am Feuer. Sie blickten in den brennenden Busch und beobachteten die Flammen. Ein Windstoß ließ das Feuer erlöschen. Die Gefährten standen auf. Einer der sieben drehte sich um und winkte. Die Leute jubelten ihnen zu. Es war eine große Ehre, die Berge bis ganz nach oben, wo noch nie jemand war, zu besteigen. Jedes Jahrzehnt wurden sieben aus dem Volk ausgewählt und kletterten nach oben. Doch bisher war keiner zurückgekehrt. Die Auserwählten drehten sich um und ihre Reise begann.

Zuerst mussten sie durch ein weißes Tal gehen. Soweit das Auge reichte, sahen sie nur weiß, nicht einmal das Blau, das man an einigen Tagen über die hohen, weißen Ränder sehen konnte. Die Zeit verging und doch hatten sie das Ende noch nicht erreicht. Stattdessen waren sie über einen langen Hügel gegangen. Er bestand aus ebenfalls weißen, flauschigen Stauden.

Jetzt gerade schienen die Gefährten endlich dem Ende des Tals nahezukommen, als sie ein lautes Surren hörten. Sie blickten nach oben und sahen etwas Riesengroßes auf sich zu fliegen. Sie begannen zu rennen, doch dieses Etwas war schneller. Als es auf den Boden traf, löste sich die Hülle und gigantische Wellen schwemmten durch das Tal. Das Wasser raste auf die Gefährten zu. Sie rannten immer noch und versuchtem zu entkommen. Die ersten Wellen umspielten ihre Füße und bald stieg das Wasser an. Die Freunde sahen schon die rettende Wand des Tals, wo sie nur noch hinüberklettern mussten und schon wären sie in Sicherheit. Doch die Wellen wurden immer höher und nun berührten ihre Füße nicht einmal mehr den Boden. Sie versuchten einfach weiterzukommen und langsam rückte die Wand in greifbare Nähe. Eine große Welle drückte sie weiter und als die nächste kam, wurden die Auserwählten über das Ende des Tals gespült.

Sie lagen Wasser spuckend auf einem schmalen, grünen Pfad, der steil nach oben führte. Doch als sie sich umblickten, erkannten sie, dass einer von ihnen fehlte. Die Gefährten rannten zur Wand, über die sie entkommen waren, doch waren sie alle zu klein, um hinüberblicken zu können. Sie hörten ein leises, gurgelndes Geräusch. Da sie nicht wussten, ob es das Wasser war und ob es sie einholen würde, entschieden sie sich dafür, möglichst schnell weiterzukommen.

Die Auserwählten begannen den Pfad zu besteigen. Eine Windböe kam auf und ließ den Weg schwingen. Sie hielten sich aneinander fest und hofften, nicht hinuntergefegt zu werden. Und tatsächlich überstanden sie es alle. Doch der Pfad nach oben war alles andere als sicher, denn zu dem Wind gab es auch oft nichts, woran sie sich hätten festhalten können. Ihr Weg schien rund zu sein und war teilweise von spitzen, nach oben stehenden Wegen übersät. Er führte sie immer weiter nach oben und als sie schon dachten, sie hätten es geschafft, kam ein Windstoß. Dieser war kräftiger als alle davor, und doch als der Wind wieder abflachte, waren sie alle noch auf dem Pfad geklammert. Als sie dachten, sie hätten diesen Teil schon überstanden, begann der Pfad sich wieder zu bewegen und einer von ihnen fiel. Seine Hände hatten sich nicht mehr an den Weg klammern wollen und so flog er in Richtung des Bodens.

Die Gefährten rafften sich auf und kletterten weiter. Ihr Weg ging in einen anderen über, der nun senkrecht nach oben führte. Als sie nach oben blickten, sahen sie, dass aus dem Weg Pfade ragten, die so waren, wie der, den sie erklommen hatten. Und wieder machten sie sich auf den Weg nach oben und erneut war der Weg voller Gefahren. Auch dieses Mal war der Wind für sie ein Problem. Aber noch schlimmer waren die Wege, die heraustanden, über die sie hinüberklettern mussten. Immer wieder mussten sie ihren Marsch unterbrechen, um über andere Pfade zu steigen, und immer wieder kam der Wind auf und sie mussten sich an diesem ebenfalls runden Weg festhalten, um nicht hinunter zu fallen.

Doch jetzt gerade hatten sie ein ganz anderes Problem. Ein rotes, fliegendes Ungetüm mit schwarzen Punkten flog neben ihnen vorbei und kam ihnen mit seinen Flügeln gefährlich nahe. Und dann geschah es. Einer der Gefährten kam den Flügeln zu nahe und sie durchstreiften seinen Körper. Seine Augen waren herausgetreten, und als er nach unten blickte, erkannte er, dass sein Leben bald enden würde. Die Flügel trafen wieder auf seinen Körper und nach weiteren Flügelschlägen war sein Leben ausgehaucht und seine durchtrennten Körperhälften fielen dem Boden entgegen.

Die Auserwählten stiegen trotzdem weiter. Immer weiter und weiter nach oben führte sie ihr Weg. Und so kletterten sie weiter. Die Farbe des Himmels fing an sich zu ändern und wurde langsam rötlich. Bald würde ein roter Feuerball am Himmel stehen und dann würde die lange Dunkelheit sich über sie legen. Doch bis dahin war es noch eine lange Zeit. Kaum einer, der in der Helligkeit geboren wurde, würde die Helligkeit nach der Dunkelheit noch einmal sehen.

Auf ihrem Weg trafen sie auf ein weiteres Monstrum. Es hatte einen langen Körper, der wie durchtrennt wirkte und schmale Beine. Die Augen schienen tot und zwei lange, braune Stäbe reichten aus dem Kopf, ebenso wie zwei klappernde Scheren. Es kam bedrohlich auf die Gefährten zu und klapperte lauter. Die Stäbe bewegten sich in ihre Richtung und es machte einen Satz auf sie zu. Es knackte und knirschte, als das Monster den Kopf vom Hals abtrennte. Es ging weiter auf sie zu, doch die drei Auserwählten duckten sich unter den Scheren hinweg und rannten unter dem Monster entlang. Sie flohen den Weg weiter und kletterten weiter.

Der Pfad führte weiter nach oben und als sie hinaufsahen, erblickten sie ein großes, längliches Hindernis. Aber es schien auch der höchste Punkt zu sein und sie freuten sich, bald an ihrem Ziel anzukommen. Und so kletterten die Gefährten weiter. Doch der Weg barg immer noch

Gefahren für sie, denn während sie ihrem Ziel näherkamen, begannen sie zu merken, dass der Wind ein neues Problem für sie darstellte. Wenn er stark genug blies, würde ein ungeheuerliches Grün vom Himmel auf sie herabstürzen. Trotz dieser permanenten Gefahr und die des Hinunterfallens waren sie immer noch am Leben und wagten ihren Aufstieg weiter.

Die Auserwählten waren ihrem Ziel schon so nahegekommen, als sich plötzlich ein kleiner Ast aus ihrem Weg löste, an dem sie sich festgehalten hatten. Der Untererste verlor den Halt und fing an, panisch nach Halt zu suchen, und fand diesen in der Hand eines anderen. Doch auch dessen Hand löste sich los, da sie das Gewicht von zwei Personen nicht tragen konnte. Und so fielen beide dem noch weit entfernten Abgrund entgegen und nur noch einer der sieben konnte seiner Bestimmung nachgehen.

Die Tage zogen sich dahin, und doch kletterte er weiter. Er kam immer weiter nach oben und bald war er auf der Spitze angekommen. Eine riesige Wolke schwebte über ihm und ein bunt gemustertes Wesen flog an ihm vorbei. Es sah freundlich aus und er erinnerte sich an alte Geschichten von Engeln, und dieses Wesen schien ein solcher Engel zu sein. Mehr Wolken schwebten um ihn herum und als sie sich lichteten, erkannte er Giganten.

Sie gingen durch die Gegend. Einige von ihnen hatten einen schwarzen Kasten bei sich, andere kleinere Giganten, und noch wieder andere hielten sich an den Pranken. Alles war sehr laut, aber er dachte an sein Volk zuhause zurück und bemerkte, wie ähnlich sie sich waren.

Erfreut über ein altes Volk von Giganten, von denen er berichten konnte, blickte er sich um. Auf einmal wurde alles dunkel. Eine monströse Tatze tauchte über ihm auf und dann war nichts mehr.

»Nein!«, schrie Lisa auf, »tritt nicht auf die Pflanze, Lotta!« Sie versuchte, Lotta festzuhalten, doch ihre Nichte war schneller. »Warum bin ich mit dir in den Botanischen Garten gegangen?«, seufzte sie.

Lisa pflückte das Kind aus dem Krummholzgürtels Skandinaviens, in dem die nun zertrampelte *Polemonium Caeruleum* stand. »Tritt jetzt bitte nicht noch auf das Salomonssiegel. Du hast schon die Himmelsleiter kaputt gemacht«, sagte sie.

»Es tut mir ja leid, Tante Lisa«, mit großen Augen blickte Lotta sie an. »Ich frag mich, was wohl auf der Blume alles gewohnt hat«, murmelte die Kleine.

»Tja, welche Generationen du ausgelöscht hast, werden wir wohl nie erfahren«, meinte Lisa.

ALY RA
Ich bin in Osnabrück geboren und lebe seitdem hier. Dies ist meine erste öffentliche Veröffentlichung, vorher waren es Zeitungsartikel und Kurzgeschichten im Fantasy-Bereich.

BROMELIE

Tillandsia brachycaulos

Christoph Beyer

SCHNELLSCHUSS

Nebelschwaden hingen über den Hügeln. Wie eisgraue Schleier hüllten sie die Höhen in fahles Licht. Zwei Krähen glitten in lautlosem Flug über die taufeuchten Wiesen. In der Senke duckten sich Fachwerkgehöfte. Das schwerelose Grau schien jedes Geräusch an diesem frühen Samstagmorgen zu verschlucken. Ein weit entferntes, doch immer näher heranrückendes Dröhnen zerriss die Stille. Es wirkte wie ein akustischer Fremdkörper in dieser schlummernden Umgebung.

Verborgen im Grün, unweit des Fahrbahnrandes, wartete ein Schütze auf die herannahende Gelegenheit.

Das Motorrad beschleunigte auf erstaunliche Weise, nachdem es eine Linkskurve passiert hatte. Wie ein rasender Geist glitt die Maschine durch die kühle Oktoberluft. Der Krach, welcher dem Auspuff entwich, hätte Riesen aus tiefstem Schlaf geweckt.

Frank Reinders fühlte sich frei. Eine Fahrt wie ein Triumphzug. Technik prallte auf Natur, brutal und unvermittelt. Genau dieser Kontrast gefiel ihm. Ein Gefühl von Macht und Stärke durchströmte seinen Körper. Für ihn ging es um viel mehr als den häufig so bezeichneten Geschwindigkeitsrausch. Sein pfeilschneller Feuerstuhl und er waren eins.

Eine Kurve lag vor ihm. Er verringerte die Geschwindigkeit. Die Nieseltropfen, die sein getöntes Visier benetzten, störten ihn nicht. Er nahm nur das Vibrieren des warmen Metalls wahr.

Plötzlich traf ein Schlag seinen Oberkörper, gefolgt von einem stechenden Schmerz. Instinktiv riss er die Hände vom Lenker. Die Maschine begann sofort zu schlingern. Sekunden später verlor er die Kontrolle und ungeahnte Kräfte katapultierten ihn in die Dunkelheit.

Das Motorrad machte einen fast unbeschadeten Eindruck. Wie in einer skurrilen Verrenkung verharrend ragte es aus dem schmalen Graben. Kleine Erdbrocken hatten sich auf das glänzende Metall gelegt. Mattrote Plastikteile am Straßenrand waren die einzigen Indizien für die Wucht, mit der das Gefährt seine letzte Irrfahrt beendet hatte.

Kriminalhauptkommissar Thomas Schwegmann betrachtete die Szenerie mit müden Augen. Es fiel ihm schwer, sich auf das Hier und Jetzt zu konzentrieren. Noch immer spürte er den warmen Mantel seiner Bettdecke. Wenigstens heute hatte er doch ausschlafen wollen. Stattdessen steckte er in einer beginnenden Mordermittlung, für die das Attribut abgefahren die wohl treffendste Bezeichnung zu sein schien. Er versuchte, der Herausforderung gerecht zu werden und seiner Schläfrigkeit nicht weiter nachzugeben.

In einigen Metern Entfernung wehten rot-weiße Flatterbänder im Wind. Zahlreiche Einsatzfahrzeuge parkten am Fahrbahnrand, darunter auch zwei Transporter der Spurensicherung. Die Leiche des Bikers lag immer noch an Ort und Stelle. In dem abgesteckten Bereich verrichteten einige Beamte in weißen Overalls ihren traurigen Dienst. Schwegmann blickte auf den Toten in der weiß-grünen Lederkluft. Der Kopf steckte in einem pechschwarzen Helm, auf dem ein leuchtend roter Haarkamm befestigt war, der offenbar eine Art Irokesenfrisur imitierte. Ungläubig blickte der Hauptkommissar auf den Pfeil, der in leicht schrägem Winkel aus der Brust des Motorradfahrers ragte.

»Genickbruch, klare Sache.«

Spurensicherungsexperte Joachim Gröhne schritt selbstsicher auf Schwegmann zu.

»Ist natürlich noch kein offizielles Obduktionsergebnis, aber für mich ist die Sache jetzt schon bombensicher. Der Schuss hat ihn quasi vom Hobel gerissen, und das ist auch bei mäßiger Geschwindigkeit kein Spaß.«

»Klingt plausibel.«

Schwegmann hegte keinen Zweifel an der flapsigen Aussage des Spusi-Kollegen, mit dem er bereits in vielen Fällen zusammengearbeitet hatte.

Kurz darauf wandte er seinen Blick in Richtung der waldigen Anhöhen. Die Wipfel der Nadelbäume schienen sich noch an den Nebel zu klammern. Nur langsam wichen die Schwaden und machten einem diesigen Oktobermorgen Platz.

Das Wetter wird heute den ganzen Tag mies bleiben, ging es ihm durch den Kopf. Und irgendwo da draußen ist ein Bogenschütze, der keine Motorradfahrer mag.

»Schöne Bescherung, diese Geschichte.« Schwegmann stöhnte. Zwei Stunden waren seit der Alarmierung vergangen. Mit starrem Blick kippte der Kriminalhauptkommissar einen Schwall schwarzen Kaffees hinunter. Genervt fasste er die bisher gesammelten Erkenntnisse zusammen. Sein erst vor wenigen Minuten in Holte eingetroffener Kollege Thorsten Laubrecht hörte ihm aufmerksam zu.

»Der tote Fahrer dieses getunten Teils heißt Frank Reinders. 32 Jahre alt, ledig, Wohnort Melle. Wir haben die Identität sofort über das Kennzeichen ermittelt. Dem Equipment und dem Bike nach zu urteilen jemand, der gerne mal ordentlich Gas gibt. Nicht umsonst düst er hier in aller Herrgottsfrühe durch die Gegend. Du weißt ja, welchen Status die Piste hier bei einigen Bikern genießt.«

Laubrecht nickte. »Schon klar. Die allseits beliebte Holter Rennstrecke. Ist ja nicht das erste Mal, dass hier was passiert. Die Anwohner sind stinksauer über die Raser, Rüttelstreifen hin oder her. Der Lärm soll ja vor allem an den Wochenenden und an Feiertagen teilweise unerträglich sein. Aber dass da jemand zu Pfeil und Bogen greift, ist schon mehr als krass.«

»Das kannst du laut sagen.«

Schwegmann nickte und trank den Rest seines Kaffees in einem Zug. Dann fummelte er ein Softpack Zigaretten aus seiner Anoraktasche. Mit einem tiefen Zug inhalierte er das Nikotin. Immerhin zusatzfrei, soweit war es schon gekommen. Sein Kollege blickte mit schelmischem Grinsen auf den Glimmstengel.

»Ich dachte, du wolltest an diesem Wochenende aufs Rauchen verzichten?«

»Mach dich nur unbeliebt«, entgegnete Schwegmann mit einem Grinsen auf den Lippen.

»Ist ja schon gut.«

Laubrecht hob schützend die Hände vor den Körper. »Zurück zum Thema.«

Der Kriminalhauptkommissar zog die Stirn in Falten und nahm einen weiteren Zug.

»Sowas ist wohl noch keinem von uns untergekommen. Das wird ordentlich für Schlagzeilen sorgen, vor allem wenn die Medien da eine Verbindung zu dem Konflikt zwischen Anwohnern und Rasern herstellen.«

»Das ist aber auch zu verführerisch. Wir werden diesem Ermittlungsweg ja wohl auch folgen«, kommentierte Laubrecht.

Schwegmann nickte. »Ich verstehe zwar nicht so viel vom Bogenschießen, aber eines ist klar«, bemerkte er nach einer kurzen Gesprächspause.

»Ich höre?«

Laubbrecht blickte seinen Kollegen neugierig an.

»Das muss ein verdammt guter und kräftiger Schütze gewesen sein. Einen Motorradfahrer während der Fahrt frontal zu erwischen ist schon hohe Kunst. Dafür braucht es nicht nur eine Menge Erfahrung, sondern auch einen Bogen mit hoher Durchschlagskraft.«

»Das sehe ich auch so«, stimmte Laubrecht zu.

Mit einem schweren Seufzer kippte Schwegmann den Rest lauwarmen Kaffees hinunter.

Zehn Minuten später fuhren die beiden Beamten auf der schmalen Straße zurück in Richtung Bissendorf, während die Spurensicherung an der voll gesperrten Strecke auf Verstärkung wartete.

»Bingo!« Thorsten Laubrecht wedelte lachend mit einem dünnen Stapel loser Zettel. »Alfred Rogger ist unser Mann.« Ein euphorischer Glanz lag in seinen Augen. Ein halbes Dutzend Augenpaare wandte sich ihm neugierig zu. Die Mitglieder der insgesamt 20-köpfigen Mordkommission hatten sich, alleine oder in kleinen Teams, nach der morgendlichen Besprechung wieder an die Arbeit gemacht. Drei Tage waren seit dem ungewöhnlichen Mord in Bissendorf-Holte vergangen. Die bisherige Erfolgsbilanz war mager. Auf dem Pfeil hatten sich keine Fingerabdrücke feststellen lassen und auch andere verwertbare Spuren des Schützen waren nicht aufgetaucht.

Laubrecht hatte sich, aufgrund eines vielversprechenden Hinweises aus der Holter Anwohnerschaft, bereits seit dem Vortag schwerpunktmäßig mit einem Verdächtigen beschäftigt.

»Waffennarr, Bogenschütze, befürwortet offen Gewalt gegen Motorradraser, hat seinen PKW-Führerschein aber selbst wegen überhöhter Geschwindigkeit verloren. In den sozialen Medien hat er sich über Motorradfahrer in übelster Weise echauffiert. Ist wohl einige Male bei den Holteraner Lärm-Protestlern vorstellig geworden, um mitzumischen, aber hat sich da mit seiner cholerischen Art ganz schnell unbeliebt gemacht. Die wollen nichts von ihm wissen. Der Staatsschutz verortet ihn in die Nähe der Reichsbürger-Szene.«

Gebannt lauschten die Beamten den Ausführungen.

»Gute Arbeit, Thorsten«, bemerkte Kriminalhauptkommissar Thomas Schwegmann. »Wir sollten diesem netten Zeitgenossen doch mal einen Besuch abstatten. Wo wohnt denn unser Kandidat?«

Laubrecht blickte flüchtig auf einen der Zettel.

»Ein alleinstehendes Gehöft, irgendwo zwischen dem Limberg und Wellendorf-Hankenberge.«

Dunstschleier standen über den Wiesen, von denen der schäbig wirkende Gebäudekomplex zu allen Seiten umgeben war. Die Dämmerung hatte bereits eingesetzt und seit der letzten Salve waren bereits einige Minuten vergangen.

»Wie lange wird das SEK noch brauchen?«, flüsterte Schwegmann in sein Smartphone.

»Maximal eine halbe Stunde«, lautete die Antwort des zuständigen Kollegen. Grummelnd beendete der Kriminalhauptkommissar das kurze Gespräch, setzte den Feldstecher an und beobachtete das Geschehen auf dem knapp 200 Meter entfernt liegenden Areal. Die beiden toten Staffordshire Bullterrier gerieten dabei in sein Blickfeld. Die Kontaktaufnahme zu Alfred Rogger war vom ersten Moment an völlig aus dem Ruder gelaufen. Ohne jede Vorwarnung hatte der Mann mit einer großkalibrigen Waffe das Feuer eröffnet, kaum dass die Polizeibeamten den ersten Schritt auf sein Grundstück getätigt hatten. Sekunden später waren dann die beiden hochaggressiven Vierbeiner in Richtung der auf dem Boden liegenden Einsatzkräfte gestürzt. Nur der Reaktionsschnelligkeit und Feuerkraft eines sich im Hintergrund haltenden Polizisten war es zu verdanken, dass die Tiere ihr Ziel nicht erreichen konnten.

Das nach den ersten Schüssen eilig herbeigerufene Polizeiaufgebot hatte das Gehöft komplett eingekreist, sich dabei aber, so gut es ging, unsichtbar gemacht. Eine gespannte Erwartungshaltung lag in der Luft.

Schwegmann setzte zu einem erneuten Telefonat an, als eine ohrenbetäubende Explosion die Stille zerriss. Ein greller Feuerball schien die gesamte rechte Hälfte des Wohnhauses zu zerreißen. Steine und Holzsplitter flogen durch die Luft und eine dunkelgraue Rauchwolke stieg in den Abendhimmel. Es dauerte einige Momente, bis die ersten der am Boden Schutz suchenden Beamten den Blick auf das Gebäude richteten, dass sich mit einem Mal in eine Ruine verwandelt hatte.

»Die Täterschaft von Alfred Rogger im Holter Mordfall sehen wir als bewiesen an.« Thorsten Laubrecht gab sich selbstsicher und bestimmt. Selten war einer Pressekonferenz der Osnabrücker Polizei in den letzten Jahren eine derartige mediale Aufmerksamkeit zuteilgeworden. Der Fall eines mit Pfeil und Bogen mordenden Reichsbürgers, der sich selbst aus bislang ungeklärten Motiven in die Luft sprengte, erfüllte alle Kategorien für eine sensationelle Story.

Thomas Schwegmann ergriff, in seiner Funktion als Leiter der Mordkommission, das Wort.

»Neben zahlreichen Langbögen sowie Pfeilen ähnlichen Typs wie jenem im Mordfall haben wir Zeitungsausschnitte über den Mord gefunden. Daneben wurden Funde gemacht, die aus unserer Sicht belegen, dass Rogger ähnliche Taten wohl auch an anderen Orten im Landkreis durchführen wollte. Wir konnten auf Basis von Funden im Wohnhaus auch nachweisen, dass er offenbar in mehreren Fällen Diebstahl begangen hat.«

»Um was für Diebstähle handelt es sich dabei?«

Der Kriminalhauptkommissar schien auf die Frage des jungen Journalisten gut vorbereitet zu sein.

»Nach unserem jetzigen Kenntnisstand handelt es sich dabei überwiegend um lang haltbare Lebensmittel verschiedenster Art. Alfred Rogger scheint sich systematisch auf eine Notzeit als Selbstversorger vorbereitet zu haben. Mit den heutigen Begriffen würde man ihn wohl als Prepper bezeichnen, allerdings in einer sehr extremen Ausrichtung. In einem Gewächshaus auf dem Gelände konnten wir zudem zahlreiche Pflanzen sicherstellen, die mit dem Diebstahl von exotischen Gewächsen im botanischen Garten in Osnabrück in Verbindung zu bringen sind. Darunter sind etwa auch so exotische Exemplare wie eine *Tillandsia brachycaulos*, eine mittelamerikanische Bromelienart.«

Nachdem der Kriminalhauptkommissar geduldig noch einige Fragen zu der von Rogger offenbar versehentlich ausgelösten Explosion beantwortet hatte, war die Pressekonferenz beendet. Auf dem Weg in den Besprechungsraum der Kommission legte Schwegmann seinem Kollegen Laubrecht die Hand auf die Schulter.

»Thorsten, ich kann mich nur wiederholen: Deiner Arbeit ist es zu verdanken, dass wir Rogger so schnell aufgestöbert haben und so weitere Taten rechtzeitig verhindern konnten. Wer weiß, was da noch alles passiert wäre. Dass der da mit Sprengstoff hantiert und sich selbst unfreiwillig ins Jenseits katapultiert, konnte keiner ahnen.«

Laubrecht quittierte die Bemerkung mit einem vielsagenden Lächeln.

»Ende gut, alles gut. Ich brauche jetzt erst mal einen Kaffee.«

»Hier, lies mal. Wir sind aus dem Schneider.« Leon Kirchberg hielt seinem Freund, der nachdenklich auf einem Stein im Garten seines Elternhauses in Bissendorf-Holte hockte, die Tageszeitung unter die Nase. Alexander Schneider überflog den fast halbseitigen Artikel zur Pressekonferenz der Osnabrücker Polizei, dann las er ihn Zeile für Zeile laut vor. Zufrieden klatschten sich die beiden Sechzehnjährigen danach ab. Erleichterung lag auf ihren Gesichtern.

»Das war aber die letzte Mutprobe, die ich mit dir veranstalte, so viel ist sicher«, entfuhr es Leon.

»Konnte doch keiner ahnen, dass der Pfeil glatt durchs Leder geht. Da hätte ich im Leben nicht mit gerechnet. Es war ein Unfall. So etwas passiert. Er hätte ja auch nicht die Hände vom Lenkrad nehmen müssen. Komm, lass uns reingehen und wieder Motorradrennen am Laptop zocken. Hier draußen wird es mir wieder zu laut. Die Biker nutzen das sonnige Herbstwetter.«

CHRISTOPH BEYER

Zog vor 18 Jahren zum Studium nach Osnabrück und hat die Reize der Region seither in vielfältiger Form erkundet.

Der bekennende Naturfreund weiß dabei die Wälder des Teutoburger Waldes und Wiehengebirges ebenso zu schätzen, wie den Botanischen Garten mit seiner exotischen Pflanzenpracht. Neben seiner Tätigkeit als Journalist schreibt er überwiegend an Kriminalromanen und Reiseführern.

Autorenseite: www.gmeiner-verlag.de/autoren/autor/640-christoph-beyer.html

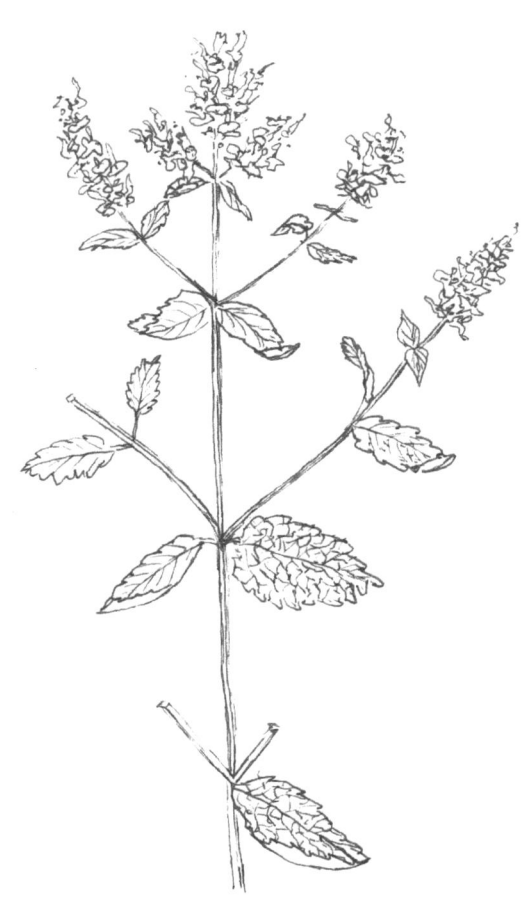

KATZENMINZE

Nepeta cataria

Gisela Knoop

KATZENDRECK UND ART-ATTACK

Wild peitschte der Sturm den Regen gegen die großen Atelierfenster und presste die Herbstblätter aus dem nahe gelegenen Stadtpark an die nassen Scheiben. Im Kamin prasselte, hin und wieder aufzischend, ein gemütliches Feuer.

»Dieses grauenvolle Wetter macht mich ganz depressiv«, maunzte Sophonisba, kurz Sofie genannt, und warf den Pinsel missmutig an die Wand. »Der Tod jeglicher Kreativität!«

Sie kannte sich damit aus, hatte sie doch bei der Produktion des berühmten Werkes ‚Warum Katzen malen‘ eine anonyme Beraterfunktion gehabt. Jetzt verengten sich ihre gelben Augen zu Schlitzen und funkelten böse.

»Aber Sofie«, quiekte ihre Freundin Frida und zog die Augenbrauen zusammen, »jetzt hast du wieder einen Riesenfleck gemacht. James wird dir die Schnurrhaare langziehen, wenn er das wieder saubermachen muss. Aber du hast ganz recht, ich komme mit meinem Portrait auch nicht weiter. «

In der Tat blickte das begonnene Gesicht ihres pelzigen Liebhabers Sir Olivier mit jedem Sturmheulen grimmiger aus dem Rahmen, was so gar nicht seinem freundlich schlichten Naturell entsprach. »Jetzt können wir keine Malblockade gebrauchen, wie sollen wir sonst in drei Wochen fertig sein?« Fritzi begann sich nervös zu putzen. »Wo bleiben nur Lady Cat und Missy?«

Wie aufs Stichwort flog in diesem Moment die Tür auf und eine Böe trieb Lady Catriona Whiskersmissing, eine fellnasse Artemisia umklammernd, über die Türschwelle.

Lady Cat, wie die drei Künstlerinnen sie nannten, war sowohl Wohnungseigentümerin als auch gefeierte Kunstmäzenin. Sie lebte mit Fritzi, Missy und Sofie zusammen und sorgte für ihren ‚Erfolg am Markt‘. Butler James, Faktotum und ‚Mädchen für alles‘, nannte das Ensemble hämisch die K. K. Chaos-WG, K. K. gleich Katzenkunst.

»Guten Abend, meine Lieben ...«, eine Wasserpfütze bildete sich zu ihren Füßen, »so ein Sauwetter! James, bringen Sie bitte Handtücher und Fön, Missy muss sofort getrocknet werden!«

Mit diesen Worten drückte sie dem grummelnden Butler, der aus der Küche geeilt kam, die nasse Missy gegen die frisch gestärkte Hemdbrust. Missy hustete kläglich, ihr Schwanz baumelte kraftlos. »Eine Erkältung, das fehlte uns noch, so kurz vor der Vernissage. Artemisia hat noch zu arbeiten!«

Während James auf Geheiß der Lady die Künstlerin trockenföhnte, fragte er sich verzweifelt, warum um alles in der Welt er sich diesen täglichen Stress in der K. K. Chaos-WG antat. Waren das die Aufgaben eines kultivierten Butlers? Putzen, kochen, waschen, nasse Katzen trocknen? Sicher nicht. Aber die Lady zahlte gut und James brauchte das Geld dringend. Er liebte Hunde und besonders die, die einem künstlichen Hasen hinterherjagten. Seine Wettleidenschaft bei den Windhundrennen verschlang so manches Pfund und so musste er weiter den verhassten Katzen und ihrer exzentrischen Mäzenin dienen. Heute Abend würde er in seinen Lieblingspub zum allwöchentlichen Butlerstammtisch eilen und mal ordentlich Dampf ablassen. Sofie, Fritzi und Missy räkelten sich mit Lady Catriona auf dem Ateliersofa, als sich James zu später Stunde mit verkniffenem Gesicht auf den Weg machte.

An diesem Abend konnte James jedoch auf wenig Verständnis hoffen, wie er gleich bemerkte, als er seinen Regenschirm im Pub abstellte. »Na, Muck, Turban zu Hause gelassen?« und »Da kommt ja unser Pinselwäscher« oder auch »Frau Wirtin, ein Bier für den Dosenöffner!« – so begrüßten ihn die bereits angesäuselten Kollegen.

Seit Bekanntwerden seiner genaueren Arbeitsumstände nannten sie ihn mit Vorliebe ‚Kleiner Muck‘ nach der bekannten Märchenfigur von Hauff. Besagter Muck hatte ja als Folge eines bösen Fluches jahrein, jahraus den Katzen der Frau Ahavzi den Milchbrei kochen müssen. James schüttelte betrübt den Kopf, denn leider waren seine Dämchen mit Milchreis nicht zufrieden. Die eine wollte nur Burritos, die andere Paella mit viel Fisch bitte und die dritte stets Tagliatelle mit Tomatensoße, einfach widerlich. Von Lady Catriona mit ihren ewigen Gurkensandwiches und Kressehäppchen zum 5 Uhr Tee ganz zu schweigen. Er bedauerte sich selbst zutiefst und ertränkte seine Demütigung in einem weiteren großen Glas Bier. Am nächsten Tag würde er einen ausgewachsenen Kater haben, aber das war ihm in diesem Moment egal. Zur Hölle mit den Katzenviechern, dachte er und nahm einen tiefen Schluck.

Der nächste Tag begann mit einem frischgewaschenen strahlenden Morgen und alle Anspannung schien wie weggeblasen. Das Licht war genau richtig und die Pfoten der drei Künstlerinnen flogen nur so über die Leinwände. Der arme James beseitigte umso mehr Farbflecken, er putzte, kochte, wusch und bürstete wie jeden Tag mit verzweifelter Hartnäckigkeit die Katzenhaare aus den eleganten Kleidern der Lady.

Je näher jedoch der Tag der Ausstellung rückte, desto deutlicher machte sich die nervliche Belastung bei allen Beteiligten bemerkbar. Würden sie es schaffen, rechtzeitig fertig zu werden? Was sollten sie anziehen? Würde es ein ebensolcher Erfolg werden wie im letzten Jahr? Wie viele Mäuse sollten sie für dieses oder jenes Bild verlangen? Von Tag zu Tag wurde die Stimmung gereizter, man fauchte sich an und teilte sogar den einen oder anderen bösen Pfotenhieb aus. Auch der bedauernswerte James bekam scharfe Krallen zu spüren, unverdienterweise, denn er eilte mit missmutigem Gesicht hin und her und versuchte, jeden noch so absonderlichen Wunsch zu erfüllen. Aber so sehr er sich mühte, es gelang ihm nicht, die Arbeit wuchs ihm über den Kopf. Während Missy, Fritzi und Sofie mit Hilfe von Lady Catriona ein Meisterwerk nach dem anderen für die Ausstellung verpackten, wuchs der Berg an ungewaschener Wäsche, schmutzige Teller, Tassen und Töpfe stapelten sich in der Küche und die Wollmäuse unter Schränken und Betten vermehrten sich rapide. James raufte sich die Haare: das ging gegen seine Butlerehre! Außerdem hatte er wieder mal haushoch beim Hunderennen verloren, er war verzweifelt. Nach einem weiteren Abend unter dem Hohngelächter seiner Kollegen – sie hatten einen Blick auf seine zerkratzten Arme erhascht – fasste er einen folgenschweren Entschluss: er würde es den gemeinen Kratzbürsten schon zeigen. Er würde ihnen ihre absurde Vernissage gründlich vermiesen und einen spektakulären Schlusspunkt unter sein Arbeitsverhältnis setzen!

Hätte jemand seine schwarzen Gedanken erahnt, wäre es vielleicht noch nicht zu spät gewesen, das Verhängnis abzuwenden, aber da das nicht der Fall war, steigerte sich alles noch. James, bring dies, hol das, putz hier, wisch dort. Es war zum Mäusemelken. James begann, alles Geld aufzusammeln, das Lady Catriona stets achtlos in der Wohnung herumliegen ließ und er fand auch den Sparstrumpf im Katzenkorb. So wollte er sich seine ungewisse Zukunft sichern, bis er eine neue Stelle fand, denn auf Referenzen würde er nicht hoffen können, wenn die Vernissage wie geplant in einem Eklat enden würde. Als er das nächste Mal zum Künstlerbedarf geschickt wurde, Nachschub an Blau, Gelb und Rot zu holen, ließ er sich außerdem Farbe in Beuteln abfüllen – auf besonderen Wunsch seiner Damen, wie er angab – und versteckte sie in seinem Schrank. Endlich hatte er einen Plan und konnte den Tag der Ausstellungseröffnung kaum erwarten.

Die Kunstszene schien vor erregter Erwartung zu summen, als man sich zum Aufbruch in die Galerie rüstete. »Meine Mütze« - »Mein Halsband« - »Ich nehme das Gelbe« - »Gib her, du Biest ...« Die Künstlerinnen prügelten sich mit Zähnen und Klauen, dass die Katzenwolle nur so flog. Lady Cat seufzte, dann schrie sie: »Aufhören, zur Kunst gehört auch Disziplin!« Das wirkte wie ein Wasserguss. Missy, Fritzi und Sofie schlichen zum Wagen, der Chauffeur ließ den Motor an und es ging los.

James nahm den Bus, aus Sparsamkeitsgründen versteht sich. Er hatte sich großzügig mit Baldrianwurzelpulver und zerbröselter Katzenminze bestäubt, wie ihm ein wohlmeinender Kollege geraten hatte. Der Duft dieser Kräuter – so hatte dieser gelesen – solle eine günstige Wirkung auf Katzen ausüben. James hatte davon zwar noch nie gehört, aber in diesem Fall musste er alles tun, um möglichst dicht an den Künstlerinnen vorbei an deren Werke zu gelangen. Da heiligte der Zweck die Mittel, denn für menschliche Nasen war der Gestank eine Zumutung. Was er nicht wusste, war, dass Baldrian *(Valeriana officinalis)* und Katzenminze *(Nepeta cataria)* zu den stärksten Drogen im Katzenreich gehören und bei sensiblen Wesen – Künstlerinnen sind sehr sensibel! – ungeahnt heftige Reaktionen hervorrufen können.

James, dick und unförmig durch die vielen Farbbeutel unter seinem Mantel, schob sich im Bus neben eine ebensolche Frau. »Junger Mann, Fußwäsche wäre nötig«, nörgelte sie, James stieg das Blut bis in die Haarspitzen. Der Baldrianduft umwaberte seine ausladende Form und nur der Gedanke an sein Vorhaben ließ ihn durchhalten. Im entscheidenden Augenblick wollte er mit gezieltem Farbbeutelwurf den Kunstwerken eine ganz neue Note verpassen, es kribbelte ihn bereits in den Fingern und ein genüssliches Lächeln kräuselte seine Lippen, zur Verwunderung der korpulenten Sitznachbarin. Der Bus rumpelte seinem Ziel entgegen, wenig später betrat James die Galerie und versuchte, sich durch die dichte Menschenmenge ins Zentrum des Geschehens zu drängen. Bald sah er genügend Bilder in Wurfweite.

In der Zwischenzeit war die Vernissage in vollem Gange und drohte, die drei Protagonistinnen vor Langeweile dahinzuraffen. Soeben erging sich der Kulturbeauftragte der Stadt in salbungsvollem Geschwafel, es fielen Begriffe wie energischer Duktus, Spontanität und Frische, animalische Direktheit usw. Missy gähnte ausgiebig, ihr Schwanz peitschte. Fritzi dachte an ihren Liebhaber Olivier und ob er wohl …?

Sofie setzte eine hoheitsvolle Miene auf und wurde zur Statue. Wann würde endlich das Buffet eröffnet? Die Zeit zog sich endlos wie eine Marshmallow-Maus. Da! Plötzlich erwischte es die Drei wie ein elektrischer Stoß, ölige Duftschwaden trafen ihre Nasen und lösten eine Schockwelle aus. Augen weit aufgerissen, Haare gesträubt, Schnurrhaare statisch aufgeladen, fragte sich jede: »Wo kommt das her?« Die Langeweile war wie weggeblasen, hatte doch irgendjemand in der Menge das einzig wahre Geschenk dabei: Baldrian und Katzenminze. Herrlich! Aber wo war die Quelle?

James, ihr großer Katzenversteher, dort stand er inmitten der elegant herausgeputzten Menschen auf einem

Bein und hatte etwas Schweres in der erhobenen Hand. Auf ihn mit Gebrüll!

Wie von der Feder geschnellt prallten drei enthusiastische Fellbündel gegen James' gestärkte Hemdbrust, nutzten das Momentum – mit dem Schwerpunkt auf einem Bein holte er soeben weit nach hinten aus – und warfen ihn mit Begeisterungsgeheul zu Boden. Ein Aufschrei ging durch die Menge. Während James unter Schock in einem Farbsee aus Rot, Gelb und Blau zum Himmel starrte, Schnurrhaare und raue Zungen im Gesicht, rief schon die geistesgegenwärtige Lady Cat nach der Polizei. Sie hatte gleich die böse Absicht des Butlers erkannt und machte sich über James' Charakter nicht mehr die geringsten Illusionen. Während die Polizei den völlig passiven James, jetzt ein gebrochener Mann, in Folie wickelte und abführte – Fritzi, Missy und Sofie ließen nur widerwillig von ihm ab –, ging die Party erst richtig los. Das Kunstvolk brach, nach Sekunden atemloser Stille, in lautes Klatschen und Bravo-Rufe aus, waren sie doch wie in den berühmt-berüchtigten Siebzigern Teil eines echten Happenings geworden! Man malte sich, Finger in die Farbpfützen getaucht, Nase und Schnurrhaare an und ließ die Künstlerinnen hochleben. Alle Bilder hatten einen roten Punkt und Lady Catriona lächelte wie die Grinsekatze aus ‚Alice im Wunderland'.

Nach diesem denkwürdigen Vorfall beschlossen das Trio und seine Mäzenin, dass dieses grandiose Event nicht zu toppen sei und sie zogen sich – zumindest fürs Erste – aufs Land zurück. In die tiefste Provinz, dorthin, wo man noch sagen konnte: »… eine Maus ist eine Maus ist eine Maus …« und wo man von Butlern möglicherweise gehört, aber noch nie einen in Persona gesehen hat.

Wenigstens bis zu jenem Moment, denn wie's der Zufall wollte, betrat soeben James, der mit einer Geldstrafe davongekommen war und annahm, dass auf dem Land keiner von seiner Schmach wusste, die Räume der örtlichen Zeitung. Er murmelte: »Ich möchte ein Stellengesuch aufgeben, folgender Wortlaut: Kunstverständiger, tierlieber Butler sucht ebensolchen Haushalt …

GISELA KNOOP,

Ich lebe seit den 80er Jahren in Osnabrück, bin Mitglied im Freundeskreis des Botanischen Gartens Osnabrück, habe einen starken Bezug zu Flora und Fauna und schreibe gerne mal die eine oder andere kurze Kurzgeschichte. Kontaktdaten über den Freundeskreis.

ENGELSTROMPETE

Brugmansia suaveolens

Elisabeth Ibing

RITUAL

Die Osnabrücker Polizei stand vor einem Rätsel. Ein mysteriöser Toter ließ sie grübeln. Er wurde morgens bei den Engelstrompeten im Botanischen Garten gefunden. Die merkwürdigen Linien und Zeichnungen auf seinem Körper deuteten auf einen Ritualmord hin. Außerdem waren seine Gliedmaßen auffällig verrenkt. Das gab Polizeisprecher Krause den Journalisten in einem ersten Statement bekannt. Aufgrund laufender Ermittlungen könne er keine weiteren Einzelheiten nennen …

Die auf den Körper aufgemalten Zeichen erregten auch die Aufmerksamkeit von Kriminalhauptkommissar Peter Gunter und seiner Partnerin Kriminalwachtmeisterin Gerti Grußendorf. Es war auch ein indianischer Kopfschmuck gefunden worden. Dabei handelte es sich um ein langes Lederband, das mit Vogelfedern, Hasenpfoten und bunten Perlen bestückt war. Bei dem Besitzer musste es sich um ein Mitglied eines Indianerstammes gehandelt haben, das über besondere Fähigkeiten verfügte. Peter Gunter hatte direkt nach diesem Fund gefragt: »Was um Himmels Willen wollen Indianer im Botanischen Garten und was will die Leiche uns mitteilen?«

Gerti wirkte konsterniert. »Nun, da Leichen für gewöhnlich nicht reden, müssen wir das wohl selbst herausfinden. Ich wusste gar nicht, dass es in Osnabrück Menschen gibt, die sich der Ausübung der indianischen Lebensweise verschrieben haben. Aber ich will jetzt auch gar nicht spekulieren. Merkwürdig ist es schon.«

Der Kommissar seufzte und dachte: ‚*Uff, wenn Gerti erst mal ins Spekulieren geraten wäre, dann hätte ihr Monolog gar nicht mehr geendet. Noch mal Glück gehabt!*‘

Die ersten Ergebnisse der Spurensuche und der kriminaltechnischen Untersuchungen surrten schwarz auf weiß aus dem Drucker. Am Tatort waren Fußabdrücke des Toten und einer weiteren Person gefunden worden. Der Tod war vor zirka siebzehn bis neunzehn Stunden eingetreten. Die Augen des Toten waren weit aufgerissen und die Pupillen stark erweitert. Im Mageninhalt wurden Pflanzenbestandteile gefunden und das Blut wies eine tödliche Konzentration eines Giftes auf. Handelte es sich nun um einen Ritualmord oder einen Unfall? Schließlich ist die Konzentration eines Pflanzengiftes in jeder Pflanze unterschiedlich.

Der Kommissar stellte in einer täglichen Konferenz genau diese Frage: »Wenn es ein Giftmord war, warum dann im indianischen Umfeld? Und warum lag die Leiche so offensichtlich da, dass sie gefunden werden musste? War der Mörder gestört worden, bevor er die Leiche beseitigen konnte, oder hatte er kein Interesse, den Mord zu vertuschen?«

Gunter‘s Partnerin begann im Internet zu recherchieren.

Sie fand heraus, dass südamerikanische Indianer Rituale durchführten. Durch Einnahme von berauschenden Substanzen bereiteten sie sich auf den Kontakt mit den verehrten Seelen ihrer Verstorbenen vor. Im Rauschzustand erhofften sie sich eine Begegnung mit den Verstorbenen, um guten Rat zu erfahren. ‚*Was, wenn die beiden Personen hier auch nur ihre Ahnen befragen wollten und etwas schiefgegangen war?*‘, so ihr Gedanke.

Auch ihr Vorgesetzter war aktiv. Er nutzte seine Verbindungen, um etwas über indianische Kultur in Deutschland und speziell in Osnabrück herauszufinden. Aber das Ermittlerduo tappte im Dunkeln. Immer wenn sie eine heiße oder eine neue Spur hatten, verlief sie auch schon wieder im Sande.

Hauptkommissar Gunter erfuhr durch seine Informanten, dass es in der Umgebung Osnabrücks einige wenige gab, die sich der indianischen Kultur verschrieben hatten. »Es gibt sogar einen heilkundigen Seher, der mit den überlieferten Ritualen für die Osnabrücker Gemeinschaft zur Ausübung der indianischen Kultur zuständig ist.« Der Kommissar ging in Gedanken seine Informationen nach neuen Anhaltspunkten durch: »Es scheint möglich, dass es ein Nachwuchsproblem gibt. Es gibt keine Konzentration auf die Natur und die Mitmenschen mehr.«

»Ja«, pflichtete Gerti bei, »Geld regiert die Welt! Vielleicht hat das ja mit dem Mord zu tun.« Sie überlegte kurz, um dann fortzufahren: »Ich versuche etwas über Pflanzen als berauschende Drogen herauszufinden. Und du beleuchtest den Hintergrund dieses Sehers.«

»Seit wann gibst du mir Anweisungen, Frau Kollegin?«, sagte Peter Gunter lachend. »Ist aber wohl das einzig Vernünftige, was wir machen können nach all den Sackgassen. Machen wir uns an die Arbeit, Gerti. Wir müssen so langsam Ergebnisse bekommen.«

So wurden die Anstrengungen, den Mord aufzuklären, forciert. Und Peter und Gerti griffen nach jedem Strohhalm, den sie zu fassen bekamen. Gerti las im Web Seiten über Seiten zum Thema Pflanzengifte nach. Sie erfuhr, dass abtrünnigen Menschen ein Engelstrompetengebräu aus weißen Blüten gegeben wurde, damit gute Geister die rebellischen Menschen wieder auf den rechten Pfad bringen sollten. War das hier auch geschehen? Sollte das Opfer des kundigen Sehers wieder auf den rechten Weg gebracht werden? Sie berichtete ihrem Partner Peter von dem Wissen und sagte dann leise, fast flüsternd: »Mein Bauchgefühl sagt mir, dass das Opfer auch zurückgeführt werden sollte. Irgendwie passt dazu auch der gefundene Kopfschmuck eines kundigen Sehers. Könnte dieser in irgendeiner Weise versagt haben? Ist das Ritual zur Zurückführung eines Abtrünnigen der Gemeinschaft misslungen? Flüchtete der heilkundige Seher Hals über Kopf nach dem schrecklichen Ergebnis und ließ den Kopfschmuck zurück als Eingeständnis seiner Unfähigkeit? Ich weiß nicht, was das für den Flüchtigen bedeuten könnte. Ist er jetzt für die Gemeinschaft, ich sage es einmal vorsichtig, vogelfrei, weil er keine Verbindung zum Jenseits, zu den Ahnen mehr aufbauen kann?«

Kommissar Gunter spann den Gedankengang weiter: »Wir müssen verstärkt nach dem Flüchtigen suchen.

Sein Leben könnte bedroht sein. Wir sollten eine Personenfahndung herausgegeben, aber mit was für Suchkriterien? Wie sähe das Profil des Sehers aus? Wir haben kaum Anhaltspunkte.«

Der Fall wurde immer schwieriger, weil nichts, aber auch gar nichts, etwas über die betroffenen Personen, über ein Motiv oder über den Hergang des Geschehens preisgab. Das Ermittlerduo hatte nur die Leiche mit den Ritualzeichnungen, den Kopfschmuck, Fußabdrücke von zwei Personen ... und viele Vermutungen.

Es wurden nur wenige Teil-Fingerabdrücke gefunden, die niemandem zugeordnet werden konnten. Der Flüchtige hatte Glück, dass man seine Identität nicht feststellen konnte, falls er denn wirklich der Mörder sein sollte. Weitere kriminaltechnische Untersuchungen im Botanischen Garten, die im Umfeld der dort wachsenden Engelstrompeten durchgeführt wurden, ergaben, dass einige Blüten fehlten, die spurlos verschwunden waren. Zudem wurde eindeutig bewiesen, dass der Tote den Kopfschmuck nicht berührt hatte. Folgerichtig musste er einer zweiten Person gehört haben, die ziemlich sicher am Geschehen beteiligt gewesen war.

Im folgenden Ablauf war, wie so häufig, Kommissar Zufall maßgeblich für neue Erkenntnisse zuständig. An einem ungemütlichen Morgen hatte Gerti Grußendorf wieder ihren Laptop aufgeklappt. Sie klickte sich von Link zu Link. In diesem Moment erschien an ihrem Schreibtisch der Polizist, der an der Pforte seinen Dienst tat. In seiner Begleitung befand sich ein junger Mann. Sein kurzes, blondes Haar war strohig, seine Haut blass und ungepflegt, was zu seinem weiteren Äußeren passte. Sie sah den Polizisten, der diese merkwürdige Person zu ihr gebracht hatte, fragend an. »Frau Kriminalwachtmeisterin Grußendorf kann Ihnen vielleicht helfen«, sagte dieser zu dem Mann und dann weiter: »Gerti, ich bringe dir Herrn Henry Falkenhorst, der seinen Bruder als vermisst melden möchte. Er hat ihn zuletzt vor vier Tagen gesehen. Er war zuletzt in Begleitung eines gemeinsamen Mitgliedes ihrer Gemeinschaft gesehen worden. Seit jenem Tag sind beide verschwunden.«

Gerti wurde hellhörig. »Wir werden versuchen, Ihnen weiterzuhelfen, Herr Falkenhorst. Berichten Sie doch bitte von dem Verschwinden Ihres Bruders. Zur Sicherheit werde ich unser Gespräch aufzeichnen.«

Henry Falkenhorst wirkte verzweifelt. Kriminalwachtmeisterin Grußendorf lächelte ihm aufmunternd zu und begann die Befragung. »Wie kommen Sie zu der Annahme, dass mit dem Verschwinden Ihres Bruders etwas nicht in Ordnung ist?«

Henry Falkenhorst räusperte sich. Dann begann er zu erzählen: »Mein Bruder Sandy hatte schon lange den Wunsch, den Verpflichtungen zu entfliehen, die im Zusammenhang mit unserer Gemeinschaft zur Ausübung der indianischen Kultur bestanden. Er wollte diese ganzen Traditionen, Rituale und Zeremonien schon lange nicht mehr. In den Versammlungen sprach er sich auch immer gegen die Abschottung unserer Gemeinschaft nach außen aus. Er wollte auf uns aufmerksam machen,

Tage der offenen Tür, Volksfeste, Jugendbegegnungen, aber stieß bei den anderen nur auf taube Ohren. Sandy wurde immer enttäuschter und verbitterter. Die Gemeinschaft sah ihn als Verräter der eigenen Kultur, als bösen, unerwünschten Geist an. Sicherlich hätten ihn die Ältesten aus unserem Kreise ausgeschlossen, wenn Sandy nicht mit der Weihe zum Mann außergewöhnliche seherische Fähigkeiten bewiesen hätte. Woher die damals kamen, weiß ich bis heute nicht. Die Folge war jedoch, dass er zum Seher ausgebildet werden sollte. Wir haben Nachwuchsprobleme«, schob der Befragte einen erklärenden Satz in seinen Bericht. »Alle Jugendlichen aus unserer Gemeinschaft verließen schon vor ihrer Mannesweihe den Ort ihrer Kindheit. Mit Sandy war es damals anders. So war die Aufgabe wie für ihn gemacht und klebte wie ein Fluch an ihm. Er sollte nach und nach in die verschiedenen Zeremonie- und Ritualpraktiken eingewiesen werden. Doch schon beim ersten Versuch vertrug er das dafür notwendige Rauschmittel nicht. Die Stechapfelzubereitung setzte ihn für Tage außer Gefecht und verursachte Schmerzen, Übelkeit und Krämpfe. Unser Seher hatte so etwas schon vorhergesehen, doch ein derartiges Ausmaß an Abwehrreaktionen hatte auch er nicht erwartet. Weitere Versuche mit anderen Rauschmitteln scheiterten durchweg. Die Gemeinschaft war gespalten. Einige glaubten, ein böser Geist wohne in Sandy und hindere ihn an der Erfüllung seiner Aufgabe. Andere, zu denen auch der Seher gehörte, sagten, Sandy sei noch nicht so weit. Sein Geist würde schon noch geläutert und empfänglich für den Kontakt mit den

Seelen der Ahnen werden. Doch die Zeremonien, denen Sandy beiwohnte, schwächten seinen Körper und Geist. Er nahm ab, litt unter Stimmungsschwankungen, wurde mürrisch und unzufrieden. Er wetterte wieder und wieder gegen die alten Traditionen und sprach sich für eine Lockerung aus. So wollte er für Zuwachs der Gemeinschaft von außen sorgen. Seine Kritiker munkelten hinter vorgehaltener Hand, die bösen Geister erhielten in Sandy immer mehr Macht, weil dieser von seinem wahren Glauben abgekommen sei und sich gegen seine Bestimmung wehre. Sie bearbeiteten den Seher, Sandy von den bösen Geistern und seiner Besessenheit zu befreien. Immer häufiger schloss sich auch der Ältestenrat dieser Forderung an. Der Seher sah sich gezwungen zu handeln.«

In diesem Moment wurde Henry Falkenhorst jäh unterbrochen. Kriminalhauptkommissar Gunter öffnete die Tür und stürmte aufgeregt herein. »Gerti, wir haben eine weitere Leiche und einen Abschiedsbrief, der alles erklärt!«

Bei dieser Mitteilung zuckte Henry Falkenhorst unwillkürlich zusammen. Jetzt erst nahm Peter Gunter den jungen Mann wahr. »Wer ist das Gerti?«

Sie antwortete: »Das ist Henry Falkenhorst. Er gehört der *Gemeinschaft zur Ausübung der indianischen Kultur* in Osnabrück an und hat gerade seinen Bruder als vermisst gemeldet.«

Der Kriminalhauptkommissar stockte und setze sich erschrocken auf den Stuhl neben Gerti. Betretenes

Schweigen füllte für einen Moment den Raum. Dann fragte Peter Gunter überrascht: »Heißt Ihr Bruder Sandy Falkenhorst?«

Henry Falkenhorst wirkte gefasst, angesichts der Katastrophe, die er auf sich zukommen sah. »Ist mein Bruder tot?«

»Es tut mir leid, Ihnen sagen zu müssen, dass er tot ist.«

»Unter welchen Umständen ist er denn gestorben?«

»Die näheren Umstände haben sich gerade erst durch den Abschiedsbrief des Mannes, durch dessen Handeln Ihr Bruder gestorben ist, geklärt.«

»Es ist der Seher gewesen, richtig?«, fragte Henry Falkenhorst, die Antwort schon wissend.

Der Kommissar bejahte seine Frage.

Henry nahm seinen ganzen Mut zusammen und bat: »Würden Sie mir den Brief bitte vorlesen? Ich würde gerne wissen, wie sich alles zugetragen hat.«

Gerti Grußendorf schaute ihn betroffen an. »Fühlen Sie sich dafür stark genug?«

»Ich bin auf alles gefasst«, antwortete Henry Falkenhorst.

Der Kommissar versuchte möglichst rücksichtsvoll seiner Bitte nachzukommen. Leise, langsam und deutlich begann er vorzulesen.

Ich habe versagt! Die Ahnen sind mir nicht mehr gnädig.
Ich kann keine Verbindung mehr zum Jenseits herstellen.
Meinen jungen Freund und möglichen Nachfolger Sandy

Falkenhorst habe ich umgebracht! Ich wollte ihm den bösen Geist austreiben. Aber das Gebräu aus weißen Engelstrompetenblüten war zu stark geraten. Sandy starb, ohne dass ich helfen konnte. Der böse Geist in ihm wehrte sich. Er ließ Sandy's Körper zucken. Der böse Geist entwich und mit ihm das Leben.

So will ich nicht weiterleben. Ich bitte den Großen Geist, Herrscher über Leben und Tod, mich zu erlösen. Meine Brüder und Schwestern bitte ich um Vergebung.

In Liebe
Walter Big Rock

Warum diese Zeremonie gerade im Botanischen Garten stattgefunden hatte, fragten sich letztendlich alle. Vielleicht zogen die dortigen Engelstrompeten die beiden Suchenden magisch an, möglicherweise fanden sie Ruhe, um in dem abgeschlossenen Areal die Zeremonie durchzuführen. Was immer die beiden angelockt hatte, sie haben den Grund für ihre Ortswahl mit ins Jenseits genommen.

Die Engelstrompete rief den Todesengel.

ELISABETH IBING

Ich bin kurz nach meiner Geburt mit meinen Eltern nach Osnabrück gekommen, bin hier groß geworden, lebe hier, habe hier Freunde gefunden und fühle mich in Osnabrück zu Hause.

Ich habe mich schon ganz früh für Blumen, Sträucher und Bäume interessiert, da meine Großeltern eine eigene Gärtnerei im Oldenburger Münsterland hatten

Ich habe einige Kurzgeschichten in Anthologieprojekten veröffentlicht und schreibe hauptsächlich Krimis und Fantasygeschichten.

HELIKONIE

Heliconia stricta

Heinrich-Stefan Noelke

OSSENMONTAG

Da stand an diesem Montag eine große Menge an Leuten vor einer Schule und alle reckten grölend ein schnurloses Telefon in die Luft, mit dem sie Fotos machten, als geschähe alles nur zu ihrem Vergnügen.

Vor ihnen krochen ein paar Beamte des SEK auf die Opfer zu. Sie bargen die Leiche der Schulleiterin und auch diesen anderen Lehrer, dem eine Kugel im Bein steckte. Dafür gab es Szenenapplaus. Kein Kind war verletzt worden. Die Leute waren begeistert.

Nur Sheriff Becker nicht. Der Streifenpolizist war als erster am Tatort gewesen und sollte jetzt zuschauen. Oder das Volk beruhigen, das ginge auch. Es war nicht lange hin bis Karneval, der in Osnabrück am Ossensamstag gefeiert wird.

Dies war Sheriff Beckers Stadt. Seine Verantwortung. Er ließ sich die Nummern aller Bewohner des Mietshauses gegenüber der Schule geben. Von dort war geschossen worden. Acht Telefonnummern.

Man darf sich den Sheriff als groß und blond vorstellen. Kugelfest. Gleich bei seinem ersten Versuch hatte er gehöriges Glück: Es meldete sich jemand. »Ja?«

»Sheriff Becker hier.« Jeder nannte ihn Sheriff. Becker stutzte. »Erich? Bist du das?« Er hatte die Stimme von Erich-Maria Brommberg erkannt, dem Lehrer für

Deutsch und Musik, den die Kinder verächtlich Dr. eMa nannten. Für »Erich-Maria«. Und weil er nicht einmal einen Doktor hatte.

»Ja, Sheriff, ich bin das.«

Den Sheriff verwirrte diese Antwort: »Was bist du?«

»Na ... das mit den Leichen. Sind die tot?«

»Ja so etwas! Na hör mal ... Nein, van Morge lebt noch. Ein Schuss ins Bein. Nur die Ebsen ist tot. Warum tust du das?«

»Es ist doch Montag. Ich mag den Montag nicht. So etwas belebt den ganzen Tag, weißt du ...«

»Spinnst du jetzt? Hast du deine Musik zu laut gehört? Du spielst einen Song nach und erschießt Menschen? Warst du nicht eher so Flower Power?« Ein Alt-Hippie. Einer, der auf Bob Dylan steht. Wieso schießt so jemand plötzlich?

»*I don't like Mondays* von den Boomtown Rats. Natürlich kennst du den Song. Ich habe das den Schülern vorgespielt. Sie sagen, er sei gewaltverherrlichend. Bob Geldof und Gewalt! Sagt dir der Name Brenda Ann Spencer etwas? Er hat sie berühmt gemacht. Ihr gebührt die Ehre des ersten Schulmassakers der Neuzeit. Da rief auch so jemand an wie du, als sie die Menschen erschoss. Das geschah an einem Montag wie heute. Vor genau 39 Jahren. Ich war damals zwölf Jahre alt. Sie hat zwei Lehrer getötet. Sie verletzte acht Kinder und einen Polizisten.«

»Da hast du ja noch etwas vor dir«, sagte Sheriff Becker mit belegter Stimme. »Warte ... ich ... ich komme rauf zu dir. Du klingst verwirrt.«

Er ging einfach auf das Haus zu, bevor jemand begriff.

Ein Beamter vom SEK rief ihn zurück, doch Sheriff Becker drehte sich schief lächelnd um, hob vorsichtshalber die Arme und gehorchte nicht. Auf sein Klingeln wurde geöffnet und er verschwand im Haus. Hinter sich hörte er einen einzelnen Schuss und der Beamte, der ihm gefolgt war, ging in Deckung.

Ein leerer Kinderwagen stand im Halbdunkel. Eine andere, friedliche Welt hier drinnen. Der Geruch nach Gemüseeintopf und der harmlose Klang von leeren Wänden. Die Treppe halb hoch auf dem Absatz befand sich eine Toilette. Davor auf den Stufen saß ein Mädchen einsam und allein. Sie schnitzte an einem großen Strauß langstieliger Helikonien herum, die sinnlich duftende Blume der griechischen Musen. Sheriff Becker kannte sie vom Sehen, sie trug stets eine Latzhose und eine weiße Bluse.

Sie ließ sich nur kurz stören und nahm sich einen weiteren Stängel, von dem sie abschnitt, was ihr nicht gefiel. Den kümmerlichen Rest betrachtete sie zufrieden und steckte ihn zu dem übrigen Gewächs.

»Was tust du da?«, fragte Sheriff Becker.

»Wir bewachen den Dr. eMa«, sagte sie.

»Mit den Blumen, meine ich ... Da bleibt ja nichts übrig.«

»Ach so ... ich lerne das gerade. Ein Praktikum. Macht Spaß. Ich übe noch.«

»Und ihr bewacht den Brommberg?«

»Das ist ein Rechtsradikaler ... und sicher schlägt der kleine Mädchen. Sie sollten hören, was der für Musik vorspielt. Den sollten Sie mal verhaften.«

»Wer ist ›wir‹?, wollte Sheriff Becker wissen. »Und wer ist dann ›ihr‹?«

»Wir sind ganz viele.« Sie betrachtete ihn trotzig.

»Komm mal mit«, sagte Sheriff Becker. Er zog sie hoch in den ersten Stock. Erich-Maria Brommbergs Wohnung wies sich durch ein Klingelschild aus, die Tür war angelehnt.

»Erich?«, rief Sheriff Becker. »Ich komme jetzt rein.«

Das Mädchen drückte sich hinter ihm in die Wohnung. »Was hat er denn getan?«, zischte sie.

Dem Eingang gegenüber lag ein Badezimmer, links führte der Flur zur Küche und zum einzig weiteren Raum, den Becker vorsichtig betrat. »Moin«, sagte er.

»Moin«, gab Borrmann zurück. Er saß am offenen Fenster, verdeckt von einer Gardine. »Die wissen jetzt, wo ich bin.«

Das Mädchen schlich herein und setzte sich hinten in einer Ecke auf einen Stuhl. Sie war etwas blass geworden.

Brommberg erschrak und richtete das Gewehr auf sie. »Was macht denn die Anna-Lena hier? Was?«

»Jetzt nimm mal den Püüster weg, Erich. Sie sagt, du seist ein Böser, stimmt das? Du greifst Mädchen an?«

»Ich hab die Ebsen erschossen«, schrie Borrmann. »Und dem van Morge geht es auch nicht gut.«

Das Mädchen begriff und hob in einer biblischen Geste die offenen Hände: »Uuups ... nicht meine Schuld!«

»Sheriff, Mann, hörst du die? Die haben eine Gruppe gegründet, um mich zu überwachen. Virtuell und analog. Tag und Nacht.«

»Liegt deshalb jetzt eine Tote da unten? Eine echte Tote, der ihr wirkliches Leben sicher fehlt?«

»Er hat unserer Klasse Lieder vorgespielt, in denen das Wort ‚Neger‘ vorkommt!«, empörte sich das Blumenmädchen.

»Arik Brauer, richtig. Das Lied heißt ‚Reise nach Afrika‘. 1971. Kennt kaum noch jemand. Großartige Musik, dafür soll ich mich entschuldigen. Stell dir vor: Öffentlich Abbitte leisten ... vor allen Schülern.«

»Sagt wer?«, fragte Sheriff Becker.

»Sagt die Ebsen.«

»Die ist jetzt ja tot.«

Ana-Lena mischte sich ein: »Da war ein sexuell ekliges Lied dabei, dafür sind wir viel zu jung. Wir trau'n dem nicht, Sheriff.«

»Nina Hagen. 1978. Aber jetzt ... jetzt tu i mi wehr'n!«

»Konstantin Wecker, schon klar«, wusste Sheriff Becker. »1978«. Sie klatschten sich ab.

In diesem Augenblick schwebte ein Polizist in voller Kampfmontur vor das Fenster, das Gewehr im Anschlag. Man hatte einen Hubwagen in Stellung gebracht, doch war es nicht einfach, die Fahrt zu kontrollieren. Unter dem Gejohle der Zuschauer fuhr der Beamte am Fenster vorbei, wurde dann abrupt gebremst, wieder runter, stopp, der Mann stürzte um ein Haar nach unten, konnte sich gerade noch halten und sollte dabei zielen. Unten wurden Butterbrote gereicht und Stühle aus der Turnhalle.

Der Beamte nahm Sheriff Becker ins Visier.

»Warten Sie doch mit dem Erschießen«, bat der.

Doch Dr. eMa hatte genug gelitten. »Ich mach mich tot!«, drohte er und richtete seine Waffe gegen sich. »Dies ist demokratischer Widerstand! Wir wollten doch alles besser machen, Sheriff. Wir wollten frei sprechen. Wir sind die Guten, Mann. Doch jetzt macht man mich zur Sau, die ständig durchs Dorf getrieben wird. Die predigen Hass, und jeder klatscht Beifall! Und ... und ... ich fahre einen Diesel! Mit Standheizung!«

Borrmann schluchzte und begann unkontrolliert zu zittern. Sheriff Becker nahm ihn in den Arm und legte das Gewehr beiseite. Der Beamte vor dem Fenster hatte den Lehrer fest im Visier, Becker gab ihm zu verstehen, dass das Mädchen gerettet werden musste.

»Ich war das nicht!«, heulte Anna-Lena, doch der Polizist stieg in den Raum, nahm sie an die Hand und gemeinsam fuhren beide winkend unter dem frenetischen Beifall der Leute mit dem Hubwagen nach unten in die Sicherheit.

Borrmann beruhigte sich.

»Du musst ins Gefängnis«, sagte Sheriff Becker.

»Ja ... und dort werde ich meine Memoiren schreiben«, sagte Borrmann bitter, es klang wie eine Drohung. »Dort hab‘ ich meine Ruhe.«

»Warum hast du auf kein einziges Kind geschossen?«, wollte Becker wissen. »Warum die Ebsen?«

»Wegen dem Verlag«, sagte Borrmann.

»Welcher Verlag?«

»Der für die Memoiren, Mensch. Tote Kinder gehen gar nicht. Der druckt das nicht, wenn es tote Kinder gibt. Lehrer geht.«

Becker führte Borrmann nach unten, wo seine Kollegen den Mann in Empfang nahmen und abführten.

Die Leute standen noch vor der Schule, liefen dann jedoch auseinander, denn es hieß, sie wären im Fernsehen zu sehen.

Am Dienstag wurden die Übertragungswagen für die Trauerfeier aufgebaut. Es stellte sich heraus, dass der Vertrauenslehrer Klaas van Morge nicht lebensgefährlich verletzt war. Man fuhr ihn bei eiskaltem, aber schönem Wetter im Rollstuhl auf die Bühne. Anna-Lena stand neben ihm, ihre Bluse blendend weiß. Man hatte sie gebeten, den Blumenschmuck zu arrangieren.

»Wir lassen uns unsere Freiheit nicht zerstören! Unsere Musik nicht und nicht die Art zu leben.« So lauteten die Worte, mit denen man den Vertrauenslehrer unter großem Beifall noch wochenlang zitierte. Er wurde bereits als legitimer neuer Rektor gehandelt.

Sheriff Becker gehörte zu den Beamten, die die Veranstaltung schützten. Ihm droht ein Disziplinarverfahren, daran ist er gewöhnt. Neu für ihn war der jähe Gedanke, sich suspendieren zu lassen. Er verstand vieles nicht mehr und hatte Angst, einen Fehler zu machen. Einen groben Fehler, wie er Borrmann passiert war.

HEINRICH-STEFAN NOELKE

Ich bin 2008 vollkommen freiwillig nach Osnabrück gezogen. Mit Versmold als Heimatstadt standen Münster und Bielefeld zur Debatte, aber das kam nicht in Frage. Osnabrück gefiel der ganzen Familie besser. Wir wohnen jetzt seit zehn Jahren hier.

Vor einiger Zeit beobachtete ich eine Floristin, die seelenruhig die paar Stängel beschnitt, die ich kaufen wollte, bis fast nichts übrigblieb. Ob es Helikonien waren, weiß ich nicht mehr. Ich empfand das als sehr brutal, und seither suchte ich nach einer Gelegenheit, das in einer Geschichte zu nutzen.

Ich schreibe Krimis, drei davon spielen in Osnabrück. Sehr gerne Kurzgeschichten, von denen bisher keine einzige Osnabrück als Schauplatz hat. Das wird sich ändern.

www.hsnoelke.de

CHILENISCHE WACHSGLOCKE

Lapageria rosea

Jörg Ehrnsberger

KOLIBRIS

»Was essen eigentlich Kolibris?«

»Kohl. Was denn sonst?«

»Kohl?«, fragte sie zurück, schien aber zu ahnen, dass ihr Freund kein erfahrener Ornithologe war. Er mit Outdoorjacke und weißen Sneakern, sie stand da, Tatoos bis zum Hals, eingehüllt in eine dicke Jacke mit Kunstfell am Rand der Kapuze.

»Wieso heißen die denn sonst wohl so?«

»Ist aber nicht der kleinste Rosenkohl schwerer als der größte Kolibri?«

»Na, die essen den doch nicht auf einmal. Du isst doch auch nicht ein ganzes Brot am Stück«, zog er seine Argumentationslinie weiter. Und legte sogar nach: »Eichelhäher, na, was essen die?«

»Eicheln?«

»Und Buchfinken?«

»Bucheckern?«

»Ganz genau. Was sollen Kolibris denn sonst essen? Irgendwer wird sich schon was dabei gedacht haben, die Dinger so zu nennen. Und der war bestimmt nicht blöd, wenn er diese Minivögel überhaupt entdeckt hat.« Zum Glück war das nicht mein Gespräch. Nicht meine Reisebegleitung. Sonst hätte ich gern nach Schweinswalen gefragt und was die so essen. Oder nach Menschenaffen.

Aber wir waren ja auch alle so schön weit weg. Da war Akkuratesse nicht ganz so wichtig. Weit weg von allem, was man sonst so kennt. Südchile. Anderer Kontinent. Andere Sprache. Wetter aber ähnlich wie Deutschland. Und nicht nur das Wetter. Chile ist zwar Südamerika, aber bei Deutschen schon länger beliebt. Jetzt nicht nur die Honeckers, die ziemlich bald nach dem Mauerfall '89 rübermachten und in Santiago ihre letzte Zeit verbrachten. Schon hundertfünfzig Jahre eher, so um 1848, gab es viele Deutsche, die ihr Glück in der Ferne suchten und seitdem hier sind. Die Landschaft in Südchile sieht fast genauso aus wie die Landschaft in Süddeutschland. Hügelig, Flüsschen, blauer Himmel, hügelig – auf den ersten Blick alles wie zuhause. Bis man dann näher hinguckt: Was aus der Ferne aussieht wie eine Eiche, ist aus der Nähe keine. Ebenso bei Weiden. Könnte man meinen, wäre eine Weide, ist dann aber doch was ganz anderes. Ist wohl einfach Konvergenz. Und dazwischen halt immer gern wieder mal einen Vulkan. Auch ein Berg, nur eben doch ganz anders. Und so ist das auch mit den Kolibris. Könnte natürlich sein, dass sie so heißen, weil sie Kohl essen, ist aber vermutlich nicht wirklich so.

Ich stand auf der aus Holzplanken gebauten Veranda des AirBnB, das wir im Süden von Chile gefunden hatten. Die anderen schliefen noch. Vom Gebirgsbach, der vor mir durch die von Bäumen gesäumte Schlucht rauschte, stieg leichter Nebel auf und Tiere, die ich nicht kannte, machten ihre Geräusche. Letzte Regentropfen fielen vom Dach und spritzten aus den Pfützen auf meine nackten

Füße. Ansonsten war es still. So still wie in Deutschland selten. Der Kaffee in meinen Händen war heiß. Es hatte eine Weile gedauert, den Holzofen anzufeuern und darauf Wasser zu kochen. Hinter dem Haus waren Holzscheite gestapelt, die nach Harz dufteten und nur noch klein gehackt werden mussten, um das Feuer anzufachen. Das musste still geschehen, die anderen sollten nicht aufwachen. Ich wollte diesen Moment kurz vor dem Sonnenaufgang allein. Die ersten morgendlichen Strahlen kletterten langsam über die Bergkette am Horizont, auf der alte Drachenbäume im Gegenlicht standen. Die großblättrige Pflanze am Weg zum Fluss sah auf den ersten Blick aus wie eine übergroße Rhabarberstaude, war aber ein Mammutblatt und man aß nicht ihre Stiele, sondern die jungen Triebe und die auch als Salat. Nur der Kaffee, der schmeckte auch hier wie Kaffee. Der Regen war soweit erstmal fertig mit tropfen, fast so als hätte die Sonne ihn zusammen mit dem Nebel aufgelöst.

Ich ging mit meinem Kaffee in der Hand langsam die Treppe der Veranda hinab, durch den Tau auf dem Rasen, vorbei an den blassblauen Hortensien und stieg die Stufen, die mit Holzknüppeln im Rasen befestigt waren, zum Fluss hinunter und lauschte dem Rauschen, an eine Buche gelehnt, die natürlich auch keine war. Die Wellen des Baches umflossen eiskalt meine Füße, die sich in den Sand am Ufer eingruben. Der Weg zu der Hütte war ausgefahren, aber nicht, weil hier so viel Verkehr herrschte, sondern weil der Boden so weich und meist nass war vom stetigen Regen. Deshalb war auch unser Auto hier stecken geblieben, als wir gestern Nacht hier ankamen. Morgen würde der Vermieter mit ein paar Ochsen kommen, um das Auto freizuschleppen – aber heute würde da sicher nichts mehr passieren.

Ich folgte dem Weg, links von mir strömte der Fluss, vorbei an den Bäumen, die keine Buchen waren und davor eine hohe Hecke aus dünnem Bambus, der noch feucht in der Morgensonne leuchtete. Das Bambusgestrüpp war so mit Schlingpflanzen verflochten, dass man kaum durchsehen konnte. Erste Insekten flirrten an mir vorbei, von den Bäumen tropfte Wasser und ich blieb stehen, um ihnen bei ihrem morgendlichen Flugtraining zuzuschauen. Die Sonne lockte mehr von ihnen hervor, ich folgte ihnen den Weg entlang und auf einmal war er da: Ein kleiner Vogel, der vor mir in der Luft stand und mit seinen kleinen Flügelchen so schnell flatterte, dass auch sie zu flirren schienen. Sein Gefieder leuchtete bunt in den Strahlen der Morgensonne und ich ahnte, wenn ich hier vor mir hatte. Das Vögelchen stand auf der Stelle, dann sprang es nach links zum Bambusgebüsch, jagte dann einer Fliege hinterher, um dann vor mir in drei Metern Höhe zu schwirren. Die Insekten waren weg, sie fanden den Kleinen vermutlich nicht so faszinierend wie ich.

Meine Füße suchten den Weg in dem matschigen Untergrund, aber er hatte es nicht eilig, spritzte hierhin, spritzte dahin, ganz so, als ob es ihm Spaß machte, nur für mich seine Flugkunststücke zu zeigen. Aber mir war natürlich klar, dass ich ihn kaum bis gar nicht interessierte, denn zum Essen war ich zu groß, und auch als Material zum Nestbau kam ich nicht in Frage. Also folgte ich ihm vorsichtig weiter, ich wollte ihn nicht verschrecken. Auch wenn ich im Großen und Ganzen unbrauchbar für den Vogel war, eine Gefahr konnte ich allein aufgrund meiner Größe darstellen. Außerdem war ich Gast in seinem Revier, da gehörte sich schon etwas Anstand meinerseits. Er flog vor und zurück, um mich herum, machte kurz an Blüten halt, in die er seine lange Zunge steckte. Aber natürlich machte er das nicht für mich. Er hatte bloß Appetit auf Frühstück. Nach ein paar weiteren Metern endete das Bambusgestrüpp links und machte hohen Bäumen Platz, so dass der Blick zum Fluss frei war. Der Kolibri flog hin, flirrte zwischen dem Geäst hindurch und ich stolperte ihm so vorsichtig, wie ich mit meinem Kaffee konnte, hinterher und weg war er. Ich hielt still, bewegte mich nicht, versuchte ihn wiederzufinden. Um mich herum die hohen Bäume, vor mir der rauschende Bach. Zu meinen Füßen eine große Tüte mit Müll. Ich war dann wohl doch nicht der erste, der hierherkam. Es war eine Plastiktüte voller leerer Bierdosen. Daneben ein paar leere Patronenhülsen. Ein merkwürdiger Ort für Schießübungen, denn in dem Unterholz würde kaum ein größeres Tier vorbeikommen. Aber wer weiß, worauf man nach ein paar Dosen Bier alles schießen möchte.

Plötzlich fiel etwas aus den Bäumen vor meine Füße. Ein roter Kelch, etwas länger als mein Ringfinger, bestehend aus sechs Blütenblättern. An der Innenseite waren sie weiß gesprenkelt und an den langen Staubblättern saßen dicke gelbe Staubbeutel. Noch eine fiel vor meine Füße, ich sah hoch und da war er wieder, der Kolibri, wie er an eine weitere dieser Blüten heranschwebte. Er umtanzte sie und ließ seine kleine Zunge hineinschnellen. Einmal, zweimal und dann fiel auch diese Blüte herab, der Herbst kam näher. Und dann war er wieder weg. Einfach so. Ich hatte ihn nicht wegfliegen sehen. Eben war er noch da. Im nächsten Moment war er weg. Ich sah hoch, aber da waren nur noch diese roten Blüten, die an langen Schlingpflanzen wuchsen, die sich an den Bäumen emporwanden.

Ich bückte mich, hob eine der Kelche auf, an denen eben noch der Kolibri getrunken hatte. Zart lag sie in meiner Hand, sie duftete süß und ich konnte den Kolibri verstehen, weshalb er diese Blüten so mochte.

Und da standen diese beiden jetzt vor mir, die Ochsen hatten das Auto freigeschleppt, ich war über den langen matschigen Weg eine Stunde in den nächsten größeren Ort gefahren, um Lebensmittel zu kaufen und geriet an den Inhalt eines dieser Touristenbusse. Ich wollte nur kurz in die Shoppingmall, um neuen Kaffee zu besorgen und stand an der Kasse hinter ihnen. Er hatte einen Sixpack Cola in der Hand und sagte: »Falls er doch keinen Kohl isst, Cola trinkt er bestimmt.«

Sie nahm ihr Handy, wischte etwas darauf herum, hielt es ihm ins Gesicht: »Guck mal, wie süß die sind. Vielleicht sollte ich mir einen auf die Schulter tätowieren lassen.«

Ich hielt alle Gesichtsmuskeln still, um nicht zu verraten, dass ich verstand, was sie sagten. So wie er seine ganz eigenen Erklärungen ohne Sinn produzierte, wäre er bestimmt an anderen Vorschlägen zum Namen des

Kolibris wenig interessiert. Und wer weiß, vielleicht gab es ja tatsächlich irgendwo einen Kolibri, der Kohl aß. Ich wusste nur, dass es dem Kolibri, den ich gesehen hatte, sicherlich ziemlich egal war, was diese beiden hier über seinen Namen dachten. Zum Essen waren sie ohnehin zu groß. Aber wer weiß, vielleicht taugte ja der Fellkragen ihrer Kapuze zum Nestbau? Ich glaube, ich werde morgen früh mal den Kolibri auf einen Kaffee einladen und ihn selber fragen.

JÖRG EHRNSBERGER
1974 in Osnabrück geboren, später hier viele Literaturprojekte und Lesungen.
Studium der Biologie in Osnabrück.
Ich schreibe überwiegend Kurzgeschichten und Theaterstücke.
www.literaturwegen.de

HIBISKUS

Hibiscus rosa-sinensis

Rita Roth

DAS LÄCHELN DER
MONA LISA

Der Himmel zu blau, die Sonne zu heiß, die Farben der Blumen zu leuchtend und der Flügelschlag der Schmetterlinge zu flatterhaft, so, wie auch ihr Herzschlag. Alles schien heute anders zu sein, sogar der Job, mit dem Viola Rosendahl sich ihr Studium finanzierte und ihre Träume fütterte.

Normalerweise verzichtete sie nicht aufs Honorar, doch in diesem Fall machte sie gern eine Ausnahme. Violas Kommilitonen suchten nach einem ausgefallenen Abschiedsgeschenk für ihren Kunstprofessor, Florian Silberstein. Man munkelte, dass es ihm an nichts fehlte, somit gestaltete sich das Vorhaben ausgesprochen schwierig. Er besaß eine traumhafte Finca auf Mallorca, mindestens eine Geliebte sowie eine charmante Ehefrau, die seine Musenküsse tolerierte und ihm schon lange keine Szenen mehr machte.

Mit untergeschlagenen Beinen und dem madonnenhaften Lächeln der Mona Lisa schaute Viola ins Leere, ohne mit der Wimper zu zucken. Sie genoss das Privileg, dass sie das Kunstwerk war, der Augenschmaus auf dem Buffet der Künste. Auf weißem Leinen thronte sie zwischen leuchtend roten Hibiskusblüten, gelben Zitronen, Orangen und appetitlich angerichtetem Fingerfood. Niemand merkte ihr an, dass sie jedes Detail, das sich ihren Augen bot, registrierte, während sie die letzte Pose hielt.

***

»Sieht sie nicht aus wie eine vom Morgentau benetzte Göttin?«

Mit wachen Sinnen und gespitzten Ohren vernahm Viola die leisen Seufzer und das Ratschen der Stifte auf der Leinwand und auf dem Papier.

Sie glauben anscheinend, nur weil ich stumm wie eine Pflanze hier oben sitze, höre und sehe ich nichts, dachte Viola und hing weiter ihren Gedanken nach.

Unter der Anleitung des Künstlers hatte sie gelernt, während des Modellsitzens vollkommen abzuschalten. Bei seinen Malsessions vergaß sie ihre Identität und schlüpfte in fremde Rollen.

Florian hatte nicht nur an ihrem künstlerischen Ausdruck gefeilt. Das luxuriöse Leben, das die junge Studentin jetzt führte, verdankte sie einzig und allein ihm. Er hatte sie gefördert, gemalt und begehrt und sie nach wenigen Sitzungen als sein exklusives Aktmodell in die Raffinessen der Liebeskunst eingeführt.

Aus der unscheinbaren dicken Raupe, so fühlte sie sich anfangs, entpuppte sie sich zu einem schillernden, bunten Schmetterling. Als solcher präsentierte sie sich dem Maestro bei seiner Verabschiedung ein allerletztes

Mal. Danach würde sie endlich alles hinter sich lassen und in die Freiheit fliegen.

»Pst!«, raunte eine weibliche Stimme in die konzentrierte Stille, die nur durch das Tropfen, Plätschern und Gequake im Regenhausdschungel des Botanischen Gartens unterbrochen werden durfte, nicht aber durch solch unqualifizierte, triviale Bemerkungen.

»Wie eine Göttin? Nee, eher wie ein Zitronenfalter. Oder eine Elfe«, flüsterte eine tiefe männliche Stimme.

»Pst!«, zischte es jetzt etwas schärfer. Der genervte Blick einer Mittvierzigerin streifte die beiden Männer, die hinter dem Professor positioniert, den Malgrund auf ihren Staffeleien bearbeiteten.

Florian Silbersteins Augen ruhten einzig und allein auf der mit einem zarten Tuch verhüllten Schönheit, die er zu seinem Aktmodell geformt hatte. Vollkommen vertieft in Violas Kurven nahm er die auserwählten Kunstschüler, die zu diesem Event geladen waren, nicht einmal wahr.

Er schaute, zeichnete und wischte sich mit farbverschmierten Fingern den Schweiß von der Stirn. Spuren von Rötel und Kreide setzten sich zwischen seinen Falten ab. Die Attraktivität des Kunstprofessors wurde dadurch jedoch nicht geschmälert, im Gegenteil, er sah aus, als hätte er Patina angesetzt, welche seine charismatische Ausstrahlung ins Unermessliche steigerte.

Nach vielen Jahren an der Uni, umgeben von jungen Studentinnen, die sich glücklich schätzten, seine Muse sein zu dürfen, fand er es nun an der Zeit, sich einen lang gehegten Traum zu erfüllen. Ein freies Leben als Künstler unter der Sonne Mallorcas schwebte ihm vor. Am nächsten Tag würde er ins Flugzeug steigen und alles hinter sich lassen. Doch zuvor sollten die Korken knallen und der Übergang in sein neues Leben gebührend gefeiert werden.

***

Viola Rosendahl betrachtete die einzelnen Kunstjünger, die sich um den Professor scharten. Ihr Verehrer Oliver stand hinter einer der Staffeleien und verschlang sie mit seinen Blicken. Viola spürte sein Augenpaar auf ihrer nackten Haut und sie sah ihm an, was ihm durch den Kopf ging. Oft genug hatte er ihr Anzüglichkeiten ins Ohr geflüstert. Sie versuchte seine Blicke zu ignorieren und beobachtete ihre Umgebung noch intensiver.

Wenn Oliver wüsste, ging es ihr durch den Kopf und ein Sekundenlächeln huschte über ihr Gesicht.

Tags zuvor hatte sie sich mit Florian in seinem Atelier getroffen. Ein letztes Mal hatte er sie dort gemalt und ihr vom Künstlerleben auf Mallorca vorgeschwärmt. Sie sollte seine Muse bleiben und ihn jederzeit inspirieren, wenn ihm danach zumute war. Ihr war nicht mehr danach zumute, doch das interessierte ihn nicht.

Nachdem er den letzten Pinselstrich vollendet hatte, trank er wie immer einen Schluck des Malwassers mit der undefinierbaren Schlammfarbe. Anschließend läutete er mit einem Glas Champagner den Liebesakt ein. Zuvor jedoch schenkte er Viola ein Flugticket nach Mallorca. Erster Klasse. Wortreich bedauerte er, dass es ihm nicht gelungen war, einen gemeinsamen Flug zu buchen. Viola würde erst einige Stunden nach ihm in dem mediterranen Paradies landen. Ihren Protest überging er mit Küssen und vielen Versprechungen. Er merkte es einfach nicht, dass sie keine Lust mehr auf seine immer ausgefalleneren Liebesspielchen hatte und frei sein wollte.

Hoppla, was wird das denn? Oliver vermischte ein paar Pigmente auf der Palette und tauchte wie aus Versehen, seinen Pinsel in das Wasserglas des Professors.

Neben Oliver schielte der sündhaft attraktive Leander auf die Leinwand des Künstlers, der vor ihnen stand. *Nein!* Violas Augen verengten sich, sie blinzelte kaum sichtbar. Sie täuschte sich nicht, Leanders Blick war nicht auf seine Malerei gerichtet, sondern auf das wohlgeformte Hinterteil des Maestros geheftet.

Leander gehörte ebenfalls zu Florians Aktmodellen. Die Gemälde, die Viola von ihm zu sehen bekam, zeigten einen perfekten männlichen Körper, von dem jede Frau nur träumen konnte. Zu schade aber auch, dass Leander sich nicht für Frauen interessierte. Florian hatte ihr einmal im Vertrauen erzählt, dass Leander nichts unversucht ließ, um ihn davon zu überzeugen, dass es wahre Liebe nur unter Männern gäbe.

Mit einem Augenzwinkern widmete Leander sich wieder seinem Bild, als er merkte, dass Viola ihn im Visier hatte. Er kramte in seinen Malutensilien und tröpfelte etwas auf seine Palette. Dann tunkte er einen Pinsel in die Farbe, vermischte das Ganze und spülte den Pinsel im Glas des Künstlers aus, wobei er Florian Silberstein sacht an der Schulter streifte. Natürlich kannte auch Leander das Abschlussritual des Kunstprofessors.

Florians Frau Feodora, stand halb verborgen hinter einem tropischen Gewächs, beobachtete das Geschehen, zwinkerte Viola verschwörerisch zu und wischte sich zum wiederholten Mal die Stirn. Sie hatte die ehrenvolle Aufgabe, die Zeit, die auf exakt sechzig Minuten begrenzt war, im Auge zu behalten.

Die feuchte Hitze steigerte sich mit jeder Minute mehr ins Unerträgliche, ebenso die Ausdünstungen der Anwesenden, die sich mit den lieblichen Blumendüften vermischten. Trotz all dem lächelte Viola noch immer.

Florian Silberstein atmete schwer, er schnaufte. Viola wusste, was nun kam und fing den Blick des Professors auf, der mit Schwung und einem tiefen Seufzer den letzten Pinselstrich auf die Leinwand setzte.

Wie auf ein geheimes Kommando hin, erklang ein ohrenbetäubendes Konzert der Pfeiffrösche. Feodora gab nun das Zeichen, dass die Zeit abgelaufen war. Lautlos erschien in der Tür zum Tropenhaus ein Herr vom Freundeskreis mit einem Champagnerkühler in der einen, und einem Schlüssel in der anderen Hand. Die Studenten hatten sich nicht lumpen lassen und für diese Inszenierung eine ordentliche Spende locker gemacht.

Anmutig erhob Viola sich, zupfte die Hibiskusblüte aus ihrem Haar, schüttelte es und ließ die Blüte in das Gefäß mit dem Malwasser fallen. Sie nickte dem Professor zu, als er das Glas hob und einen kräftigen Schluck daraus trank. Im Anschluss gab es Champagner für alle und mit blumigen Worten bedankte er sich für das wundervolle Geschenk. Selbstgefällig präsentierte er sodann sein Gemälde und betonte, welch ein genialer Künstler er doch wäre.

Mit einem tiefen Blick entschuldigte Viola sich dafür, dass sie an der Feier nicht teilnehmen könnte. Wie ein Schmetterling, der sich lange genug an einer Blüte gelabt hatte, schwebte sie davon.

***

Palma de Mallorca! Die Koffer auf dem Laufband drehten ihre Runden. Viola zählte währenddessen die Scheine, die mit einem Schlüssel für die Finca in dem Umschlag steckten. Dank Florians Großzügigkeit entschied sie sich gegen eine Fahrt mit dem Taxi zu dem Anwesen und nahm sich stattdessen einen Leihwagen.

Sie drehte die Musik auf, öffnete das Verdeck des kleinen Fiat und sog die Düfte des heißen Sommerabends ein. An einem Aussichtspunkt fuhr sie rechts ran, stieg aus und atmete tief durch. Vor ihr lag das türkisblaue Meer schillernd in der Abendsonne. Hibiskus und Oleander in leuchtenden Rosa- und Rottönen wuchsen überall am Wegesrand, ein leichtes Lüftchen wehte einen Hauch von Olivenöl und Knoblauch in ihre Nase und Viola träumte von den Abenteuern, die sie auf der Baleareninsel erleben wollte. Ein freies Künstlerleben unter der Sonne Spaniens!

Langsam tuckerte sie den schmalen Weg zu der Finca hoch. Das Gebäude wirkte weitaus prächtiger als auf den Fotos, die Florian ihr gezeigt hatte. Die Einfahrt war gesäumt von Orangenbäumen, deren Blüten ihren typischen süßlichen Duft verströmten und an dem Gemäuer rankte eine üppige, pinkfarbene Bougainvillea empor.

Das Holztor öffnete sich schon, als sie den Schlüssel noch in der Hand hielt.

»Herzlich Willkommen, mein schöner Falter!«

Violas Lächeln glich wieder dem der Mona Lisa. »Wow! Ich bin geflasht! Das ist ja wie im Paradies hier!«, sagte sie und ließ ihren Koffer auf den Boden fallen. Überglücklich umarmte sie Feodora, seine Frau, mit der sie eine sehr innige Freundschaft verband.

»Auf Florian und die Kunst und auf seinen grandiosen Übergang in ein neues Leben.«

Die beiden Frauen hoben ihr Glas, zwinkerten sich zu, schickten einen Blick gen Himmel und bedauerten mit einer herbeigeblinzelten Träne im Auge das tragische Ende seiner Abschiedsfeier.

»Er ist auf der Wendeltreppe ausgerutscht, als er zu fortgeschrittener Stunde ins Regenwaldhaus zurückging«, sagte Feodora mit einem Schulterzucken. »Angeblich hatte er dort etwas vergessen.«

RITA ROTH

Im Herzen der Stadt Osnabrück erblickte ich
das Licht der Welt und bin meinem Geburtsort
bis heute treu geblieben.

Im Botanischen Garten unternahm ich vor
vielen Jahren im Rahmen eines VHS-Kurses
meine ersten Versuche in der Aquarellmalerei.
Noch immer bietet er viele reizvolle Motive,
aber auch Entspannung.

Ich schreibe Liebesromane mit Humor, Herz
und Happyend.

www.ritaschreibt.de

GOTTESAUGE

Begonia semperflorens

Tina Schick

GOTTES AUGE

»Natürlich! Ich hab es! Der Teufel liegt im Detail und das Runde im Eckigen«, rief Benjamin begeistert seiner Tante Lisa von Suttner und ihrer Freundin Johnny Kramer zu, »ich hab das Herz im Stein.« Glücklich zog er ein Behältnis, aussehend wie ein Stein, aus dem Steinbruch im Botanischen Garten. Darin lag die Geocache-Dose. N52 16.891 E 008 01.620 hatte ihn zum Ziel gebracht.

»Unglaublich! Sie ist weg!«, hörten sie von der anderen Seite eine entsetzte Männerstimme, »mein Gottesauge ist weg.«

Die drei sahen sich kurz fragend an, doch dann war allen klar, dass sie helfen mussten.

»Ein Fall«, jauchzte Benjamin.

»Bloß nicht«, hoffte Hauptkommissarin Kramer.

Benjamin hatte den Mann als erster entdeckt. Er stand auf dem oberen Steg der Wendeltreppe und raufte sich die Haare. Schnell waren alle drei bei ihm. Sie brauchten nur an den gefährdeten Pflanzen Niedersachsens vorbei zu den Gewächshäusern.

»Ist Ihnen Ihr Glasauge ausgefallen?«, fragte Benny keck.

»Gottesauge. Mein Gottesauge«, antwortete der Mann nur verzweifelt.

»Können Sie damit alles sehen? Wie mit einer Glaskugel?«, Benny ließ nicht locker.

»Versteh doch, Junge! Das Gottesauge ist eine Pflanze. Ich habe sie hier erst gestern in diesen Schmuckkasten eingepflanzt. Und nun ist sie weg.«

Er zeigte auf ein großes ausgehobenes Loch in einem viereckigen Kasten, der anscheinend frisch am Abgang zum Teich aufgestellt worden war.

»Wie sah es denn aus?«, forschte Benny weiter.

»Wundervoll. Eine außergewöhnliche Wildblume, eigentlich leicht zu kultivieren, doch stammt sie aus Brasilien, wo ich ihre Samen extra zum Gedenken an meine ebenso außergewöhnliche Frau aus dem Garten ihrer Eltern gesammelt habe, um ihr hier ein Stück Heimat zu geben.«

»In diesem 2 mal 2 Quadratmeter großen Schmuckkasten …«, flüsterte von Suttner ironisch.

»Ist Ihre Frau tot?«, fragte Benny. »Dann würde ich eher etwas pflanzen wie ,Vergissmeinnicht' oder ,Vergessdichnicht'.« Benny war in seiner Offenheit nicht zu bremsen.

Nun schaute der Mann ihn erstaunt an.

»Nein, Aurelia lebt, hier in Osnabrück. Ich wollte ihr eine Freude machen. Ein Gottesauge aus dem Garten ihrer Eltern hier in ihrer neuen Heimat«, erklärte er. »Ich bin übrigens Heinrich Wilde, entschuldigen Sie, dass ich mich nicht eher vorgestellt habe.«

Auch die Hauptkommissarin und ihre Freundin von Suttner stellten sich vor.

»Hauptkommissarin?«, stutzte Herr Wilde, »dann finden Sie den Übeltäter bitte schnell!«

»Null Problemo«, winkte Benny ab, »wie sah er denn aus?«

»Wer?«, fragte Herr Wilde.

»Gott! Dann finden wir auch sein Auge.«

Wilde schmunzelte über diesen kleinen vorlauten Knirps.

»Die Blüten sind dreiflügelig, Schalenblüten, meine Pflanzenblüten sind blau-violett. Es gibt sie auch in rosa oder weiß. Sie heißt auch Dreimasterblume oder *Trasdescantia*. Sie blüht von Mai bis September, aber oft öffnet sie sich nur für einen Tag. Sie hat aber so viele Blüten, dass das gar nicht recht auffällt. So wie Aurelia, sie scheint auch jeden Tag an einer anderen Stelle aufzublühen …«

Kramer verdrehte die Augen. An was für einen durchgeknallten Kerl waren sie denn hier geraten?

Fotografin von Suttner währenddessen blickte auf und in das Loch im Schmuckbeet, fotografierte es von oben und innen und kam zu dem Schluss: »Das Auge fehlt komplett.«

»Du meinst mit Iris und Apfel und Linse?«, fragte Benny.

»Sehr botanisch«, frotzelte Kramer.

»Ich hatte eher an Pflanze inklusive Wurzeln gedacht«, erklärte von Suttner.

»Immer noch botanisch«, kommentierte Kramer.

Aber sie merkte, dass nun ihr polizeiliches Knowhow gefragt war.

»Herr Wilde, haben Sie jemanden beobachtet?«

»Nö.«

»Wer könnte die Pflanze entwendet haben?«

»Keine Ahnung.«

»Haben Sie Feinde?«

»Ich? Nein. Wie kommen Sie darauf?«

»Reine Routine«, kommentierte Benny, »aber hatte Ihre Pflanze Feinde?«

»Aber nein. Sie ist wegen ihres besonderen Duftes beliebt«, erklärte Wilde. »Ihr größter Feind ist die pralle Sonne.«

»Aha.«

»Ja, sie liebt 20 °C und Helligkeit, aber eher im Halbschatten. Sie bevorzugt sehr helle Lichtverhältnisse ohne die direkte Mittagssonne. An einem Ost- oder Westfenster, oder auch am Südfenster hinter einer Gardine fühlt sie sich besonders wohl.«

»Wie sympathisch«, kommentierte Kramer.

»Warmduscherin«, fasste von Suttner zusammen.

»Ja, sie mag es feucht, aber nicht nass«, erläuterte Wilde. »Zu viel Nässe führt zu Staunässe. Eine Schicht aus Mulch schützt vor rascher Austrocknung.«

»Wenn das bei mir auch nur so einfach wäre«, dachte Kramer und erinnerte sich an ihre innere Austrocknung. Ein Kerl, das wäre mal wieder schön. Ob am Ost- oder Westfenster wäre ihr egal, die Gardine wäre ja zu. Doch dieser Herr Wilde wäre definitiv nicht ihr erklärtes Ziel. Ziel wäre da eher, ihn abzuschütteln und stattdessen mit ihrer Freundin in ihrer Villa einen Prosecco zu schlürfen.

»In Ordnung!«, haute Benny nun raus. »Haben Sie vielleicht noch ein Bild Ihrer Angebeteten? So macht das nämlich die Polizei.«

»Von Aurelia?«, fragte Wilde ziemlich verwirrt.

»Nein, Ihres Gottesauges!«, Benny musste sich beherrschen, nicht hysterisch zu werden.

Kurz danach hatte Benny ein Bild der begehrten Pflanze auf seinem Handy. Immerhin konnte Herr Wilde in ‚Blauzahn-bluetooth‘.

Schon zog Benny seine Fahndung durch den Botanischen Garten, immer seinem Handy wie einem Geigerzähler folgend.

Er stieg die Wendeltreppe hinab Richtung Regenwaldhaus. Er blickte über den Teich und entdeckte die Stelle, wo er eben noch den Cache gefunden hatte.

»Wir müssen uns noch ins Logbuch eintragen«, erinnerte er seine Tante Lisa, die ihm dicht folgte.

Auch Wilde folgte wie ein streunender Hund oder ein fleißiges Lieschen.

Der Weg führte weiter zum Alpinum, auf dem Gedöns aus den Alpen gedeihte, wie Benny in sein Handy kommentierte. Erst jetzt kapierte von Suttner, dass Benny sein nächstes Youtube-Video nebenbei drehte: Auf der Suche nach Gottes Auge.

»Bleicher Frauenmantel – *Alchemilla*, der Name verspricht mehr als die Kennzeichen, nix für Gothic-Designer. Gefurchter Steinbrech – hat nix mit Kotzen oder den Steinbeißern aus der Unendlichen Geschichte zu tun, kommt auch aus dem Kaukasus und nicht Phántasien. Kriechendes Gipskraut – sollte ich probieren – vielleicht hilft es … oh, es heißt nicht Grips … besser lassen. Nur gerochen. Zottelige Augenwurz – immerhin was mit Augen. Ob Gott auch Wurz mag oder sieht, wäre zu testen. Kriechende Kugelblume – klingt schön, aber warum rollt die sich nicht, sondern kriecht, wo hapert da die Physik? Wunderbar für die nächste Physikstunde, um den Lehrer seines Bruders aus dem Gleichgewicht zu bringen. Oder sich schon mal für die eigene Karriere in der Sek I vorzumerken. Kärntner Kuhtritt – schmunzeln. An die eigene Biolehrerin denken, die sprachlich vermutlich aus Bayern kommt, was ja nicht weit weg aus Villach und Klagenfurt ist.«

Klagen war vermutlich das Stichwort von Heinrich Wilde, der zwar in gebührendem, aber nur unmittelbarem, Abstand gefolgt war.

Er wimmerte immer lauter: »Aurelia, mein Gottesauge …«

»Klappe, wir suchen hier kein Gold, sondern eine Zimmerpflanze«, stieß Benny hervor.

Benny hatte nebenbei auch noch gegoogled und war bei Gottesauge auf Begonie gestoßen.

»Mein Gottesauge ist doch keine gewöhnliche Begonie, die auf jedem Balkon steht«, echauffierte sich Wilde. »Wenngleich auch die Begonie als Trivialnamen ‚Gottesauge‘ trägt. Seit etwa 300 Jahren gibt es sie in Europa. Ursprünglich stammt sie aus den tropischen Regenwäldern Südamerikas. Auftrag des französischen Königs Ludwig XIV. Der Franziskanermönch Charles Plumier reiste in den Jahren 1689 bis 1697 um die Welt. In acht Jahren um die Welt! Bei seinen Abenteuern fand er diese Pflanze. Er nannte sie Begonie, zu Ehren seines Freundes, dem französischen Marineoffizier Michel Bégon. Erst 80 Jahre später erblühte sie zum ersten Mal in Europa. Und mein Gottesauge stammt aus dem Heiligtum meines Schwiegervaters in Brasilien.«

»Eisbegonie?«, fragte er zaghaft.

»Die in Summe meist gepflanzte Balkonpflanze? Kleinwachsende Schönheit? Farbintensiv? Verwunderlich? Flexibler Garten? Töpfe? Wo denkst du hin? Schalt das blöde Google-Dingsdabums aus!«, Wilde schien immer mehr zu wildern.

Doch Benny ließ sich nicht aus der Ruhe bringen.

»Folgen Sie mir unauffällig. Und vor allem leise!!!!!!!!«, mahnte er.

»Trollblume«, nahm Benny sein Video weiter auf. »Nix zu sehen von Trollen. Doch stopp, pst! Hinter mir …«, und er lenkte seine Kamera auf Herrn Wilde, »… er verfolgt mich schon seit vielen Pflanzen, vermutlich

ein Troll des Botanischen Gartens oder ein Trolliger …«

»Benjamin!«, ermahnte ihn seine Tante.

Er schnitt den Kommentar raus und setzte seinen Weg fort.

»Das *Salomonssiegel – Polygonatum odoratum* – was eher wie Klebstoff klingt – aus Marokko – wer weiß, was den Marokkanern nach der französischen Besetzung zum Kleben ihres Landes einfallen musste? Vielleicht half das Griechische Blaukissen zum Ausruhen? Zumindest steht es nicht weit entfernt in der ‚Schwäbischen Alb‘, die auf dem Hochplateau des Botanischen Gartens liegt, doch nicht auf der Höhe in Europa.«

Nun waren sie nach Vorderasien und ins Mediterraneum eingetaucht.

»Der Mönchspfeffer, auch Keuschlamm genannt«, hauchte Benny in sein Video, »soll die Lust mindern.«

Er drehte sich zu seiner Tante um.

»Tante Lisa! Was heißt das: KeuschLamm?«

Von Suttner verdrehte innerliche ihre Augen.

»Ich erkläre es Dir … Dein Vater erklärt es Dir!«

Dabei widersprachen sich Pfeffer und Keuschheit doch sehr in ihrer Vorstellung.

»Heiligenkraut«, machte Benny weiter, das seiner Meinung nach sehr gut zu dem Mönch passte.

Sie kamen nun zu den Duftpflanzen, die berührt werden wollten. Benny entschwand für mehre Minuten im Zitronengras, bis er kurz vor dem Lavendel wieder auftauchte. Sie hatten bereits eine gute Runde im Botanischen Garten gedreht und kamen nun zur Agrobiodiversitätsanlage.

Benny stockte der Atem bei diesem Wort. Vielleicht dachte er auch nur an das nächste Galgenraten in der Schule. Damit wäre er der absolute Botanik-Winner, kurz Botaniker.

»Biologische Vielfalt«, kommentierte Kramer kurz.

In dem Beet harkten und hackten oder hackten und harkten zwei freundliche Männer, die sie mit einem freundlichen »Moin« begrüßten.

Benny stutzte und antwortete: »Buén dia! Bom dia!«

»Buenas tardas!«, reagierte eine lachende Stimme.

»Mexikanisch?«, fragte Benny.

»Jau, mein Papa. Meine Mama ist zu 100Prozent Deutsche«, erklärte der Junge gegenüber Benny, »ich bin Franz Ferdinand.«

»Franz?«, lachte Benny, »das ist ja mal typisch mexikanisch.«

»Franz Ferdinand. Ein Efeugewächs. Adelige Wurzeln,

botanische Elite, ich ranke mich durch die Weltgeschichte. Ich mache mein Praktikum im Biostudium. Mein Vater jobbt hier als 450-€-Jobber. In Mexiko war er im Urwald DER Biologe.«

»Dann sagt dir ‚*Gottesauge*‘ bestimmt etwas«, setzte Benny an.

»Du meinst das Unkraut? Klar. Das überflutet unsere letzten Teile des Regenwaldes. Die Wurzeln machen sich überall breit und klauen allen anderen die Energie«, antwortete FF.

»Sie fehlt im Schmuckkasten«, mischte sich Kramer ein.

»Natürlich«, erklärte FF, »ich hab Unkraut gejätet und will dort Sonnenblumen einpflanzen. Wir brauchen hier keine Dreimaster oder Begonien.«

»Mensch, Franz Ferdinand, das war keine einfache Begonie, sondern das Auge Gottes.«

»Dann möge es wachsam sein über die Pracht unseres Botanischen Gartens«, lachte er.

Doch so einfach gab sich Heinrich Wilde nicht zufrieden. Er wollte sein Gottesauge zurück in seinen Schmuckkasten. Schließlich rückte FF den blauen Sack mit der Pflanze heraus und half sogar beim Einpflanzen. Dabei achtete er genau darauf, dass sich die Wurzeln keinen Seitenausgang zu anderen Beeten bahnen konnten.

»Und wie war ich?«, fragte Benny stolz.

»Ja, mein Augentrost«, lachte Tante Lisa.

Benny sah sie fragend an.

»Heilpflanze, hilft nicht nur für die Augen und gegen

Schnupfen, auch bei Verdauungsproblemen«, erklärte FF grinsend.

»Verdauen«, stieg Benny sofort darauf ein. »Ich könnte jetzt wohl ein großes Eis verdauen …«

Und dabei schaute er Herrn Wilde tief in die Augen.

TINA SCHICK
In Melle geboren, aber ich lebe schon immer in OS.

Mein Bezug zu Pflanzen: Die reden mit mir und wollen aus jedem Laden, wo sie nicht gegossen werden, befreit werden und bei mir einziehen - echt!

Veröffentlicht: fünf Regional-Krimis und ein Kinderbuch.

Webpräsenz: www.photo-schick.de; www.facebook.com/tina.schick.50; https://www.youtube.com/channel/UCMfLzQpeuYwz6JosQbocoyA

ECHTE ALOE

Aloe vera

Miriam Rademacher

AUF DIE PFLANZE GEKOMMEN

Meine Familie hat mir zum Geburtstag eine Topfpflanze geschenkt. Eine dickblättrige Pflanze ohne Blüten im handbemalten Tongefäß. Ich empfinde dieses Geschenk als sehr verletzend. Ich hatte wirklich geglaubt, dass meine Frau und meine drei pubertierenden Kinder inzwischen begriffen hätten, wie ich zu Zimmerpflanzen stehe. Ganz besonders wenn man bedenkt, dass während des dreiwöchigen Segelurlaubs meiner Frau fast alle Pflanzen im Haus eingegangen sind. Zudem glaubte ich, eine unmissverständliche Botschaft ausgesandt zu haben, als ich den Vorschlag machte, mir ein Haustier zu schenken, mit dem ich regelmäßige Waldspaziergänge machen könnte.

»Du gehst doch immer nur bis zum Zigarettenautomaten an der Ecke«, hatte meine Gattin erstaunt erwidert.

»Eben drum«, war meine Antwort gewesen. »Mit Anfang fünfzig ist es an der Zeit, dass ich mich mehr um meine Fitness bemühe.«

Mal ehrlich: Das war ein unmissverständlicher Hinweis. Ich hatte mit einem kleinen Hund gerechnet oder einem Familienausflug zu einem Züchter oder in ein

Tierheim, wenigstens gemeinsames Scrollen durch die Ebay-Kleinanzeigen.

Stattdessen stand jetzt eine Topfpflanze auf meinem Gabentisch und sie war nicht einmal schön. Ich konnte meine Enttäuschung nur schlecht verbergen. Lustlos forderte ich das Gewächs zum *Pfötchengeben* auf und schüttelte eines der fleischigen Blätter. Ich sprach ein paar Worte mit ihr, befahl ihr, Platz zu machen und wurde weiterhin von dem Ding ignoriert. Dies war das nutzloseste und unspektakulärste Geschenk, das man mir je gemacht hatte. Wozu sollte eine Pflanze gut sein? Und diese hier war zudem noch ein äußerst reizloses Exemplar.

»Wird sie blühen, wenn ich sie gieße?«, fragte ich meine Familie.

»Theoretisch schon. Du musst Geduld haben. Du musst dich um sie kümmern und herausfinden, was sie braucht«, war die Antwort meiner Frau, während meine Sprösslinge grinsend hinter ihr standen. In diesem Moment beschloss ich, dass ich nicht der einzige sein würde, der seinen diesjährigen Geburtstag mit einer Pflanze neben den Kerzen beging. Meine Frau würde sich zum Wiegenfest mit einem Löwenzahn begnügen müssen und, was unsere drei Sprösslinge betraf, spielte ich mit dem Gedanken an drei Gänseblümchen. Ich war verärgert und enttäuscht. Jetzt gab ich mir nicht einmal mehr Mühe, Freude zu heucheln.

»Gib ihr einen Namen«, schlug meine Frau unverzagt vor. »Und stell sie in deinem Büro auf den Schreibtisch. Dann geht dir die Arbeit viel leichter von der Hand.«

Ich arbeitete meist von Zuhause aus. In meinem kleinen Arbeitszimmer reichten die Bücherregale bis zur Decke, und den Rest der zur Verfügung stehenden Stellfläche belegten Stuhl und Schreibtisch. Das war auch gut so. Das einzige, was ich darüber hinaus für meine Arbeit brauchte, war üblicherweise Ruhe. Eine Pflanze hat in meinem Arbeitszimmer noch nie gefehlt. »Was für einen Namen gibt man denn einer Pflanze? Hat sie auch eine Leine? Kommt sie, wenn ich sie rufe?«, fragte ich vorwurfsvoll. Diesmal wurde der Wink verstanden.

»Wer sogar Kakteen eingehen lässt, sollte zunächst einmal mit etwas Pflegeleichterem anfangen als einem Hund«, war die prompte Antwort meiner Gattin. Dann wurde *Happy Birthday* gesungen und der Kuchen angeschnitten. Abends räumte ich Müffel, wie ich meine Pflanze getauft hatte, in das Regal neben meinem Schreibtisch. Doch schon am nächsten Morgen war sie weg.

Ich fand sie im Kühlschrank gleich neben der Butter. Auf meine Frage, wessen Idee das gewesen war, erntete ich kollektives Schulterzucken, und meine Frau sagte fast vorwurfsvoll: »Das ist eine Aloe Vera, die verträgt keinen Frost.«

»Ja, und was will sie dann in unserem Kühlschrank?«, frage ich.

»Vielleicht hatte sie Hunger«, schlug mein ältester Sohn vor.

Ich glaubte ihm nicht. Ich googelte Aloe Vera. Von Wanderlust bei diesen Pflanzen war nirgendwo die Rede. Wollte meine Familie mich etwa verulken?

Während meiner Recherchen behielt ich die Aloe Vera genau im Auge. Sie rührte sich nicht. Zuckte mit keinem ihrer fleischigen Blätter. Es war nur eine langweilige Pflanze.

Doch dann drückte mich die Blase und nach einem kurzen Abstecher ins Badezimmer begrüßte mich mein Geburtstagsgeschenk auf der Schwelle zum selbigen. Wieder leugnete der gesamte Haushalt, die Pflanze bewegt zu haben.

Ich trug Müffel erneut in mein Arbeitszimmer und machte mich an meine Aufgaben. Immer wieder ruhte mein Blick auf ihr, vermutlich häufiger, als auf dem Bildschirm meines Computers. Die Pflanze hielt still. Doch nach dem Mittagessen, das ich zusammen mit meiner Familie einnahm, war sie wieder verschwunden.

»Wir saßen alle mit dir am Esstisch«, erklärte meine Frau geduldig. »Wie hätte einer von uns deine Pflanze verstecken sollen?«

Dieses Argument war schwer von der Hand zu weisen. Ich gab der ganzen Familie den Befehl auszuschwärmen, um nach Müffel zu suchen, stellte mich selbst in den Flur und rief ihren Namen. Fast erwartete ich das Klacken ihres Tontopfes auf den Treppenstufen zu hören, doch es blieb still. Eigentlich hatte ich es ja gewusst. Es war sinnlos gewesen, dem Gewächs einen Namen zu geben. Es hörte nicht, wenn man es rief. Ich versuchte es mit Pfeifen und blieb auch damit erfolglos. Schließlich fand sich die Aloe Vera im Wäschekorb.

»Dein Geburtstagsgeschenk hält wirklich fit«, krähte mein Jüngster und überreichte mir den kleinen Ausbrecher.

In den folgenden Tagen verschwand Müffel noch einige Male von ihrem angestammten Platz. Mal zog es sie hinaus auf die Terrasse, mal bevorzugte sie den Fernsehsessel. Der Fernseher lief sogar und die Fernbedienung fand sich verdächtig nahe neben ihrem Topf wieder. Nie konnte ich meiner Familie etwas nachweisen und sie reagierten zunehmend beleidigt auf meine Unterstellungen. War die Aloe Vera etwa doch eine ungewöhnlich aktive Pflanze?

Ich lasse Müffel jetzt nicht mehr aus den Augen. Nehme sie sogar mit aufs Klo. Und auch zum Zigarettenautomaten gehe ich nicht mehr alleine.

»Vielleicht bist du jetzt doch reif für einen kleinen Hund«, schlug meine Frau kürzlich beim Frühstück vor, als ich die Aloe Vera neben meiner Kaffeetasse platzierte.

Hund? Wer braucht denn einen Hund? Ich brauche nur Müffel. Unser Zusammenleben am Arbeitsplatz gestaltet sich sehr harmonisch. Sie ist eine gute Zuhörerin und sehr anspruchslos. Gelegentlich gehen wir nach dem Zigarettenholen noch eine Runde gemeinsam um den Block, das hält uns fit. Und wenn ich nächste Woche auf Geschäftsreise gehe, werde ich einen Pflanzenpflegedienst engagieren und ihren Topf im Büro an ein Tischbein ketten. Meine Familie ist mir zu sorglos im Umgang mit Topfpflanzen, und der Gedanke, dass Müffel davonlaufen könnte, beunruhigt mich sehr.

Zu ihren Geburtstagen werden die Kinder kleine Müffel-Ableger in handbemalten Töpfen überreicht bekommen. Daran können sie unter meiner Aufsicht üben, wie man verantwortungsvoll mit Pflanzen umgeht.

MIRIAM RADEMACHER

Ich lebe, tanze und schreibe seit 1992 in Osnabrück.

1973 geboren, wuchs ich in einem kleinen Barockschloss in den Tiefen des Emslandes auf und begann früh mit dem Schreiben. In den letzten Jahren habe ich zahlreiche Krimis, mehrere Fantasy-Romane, Jugendbücher und ein Kinderbilderbuch veröffentlicht.

Webpräsenz: www.facebook.com/literarische-Zehnkaempferin/?ref=settings; www.autorenwelt.de/users/miriam-rademacher; www.lovelybooks.de/autor/Miriam-Rademacher/

BACCARA-ROSE

Rosa Black Baccara

Alexander Delgardo

STRAFE MUSS SEIN

Vorgebeugt saß er auf dem Fahrersitz, grübelnd den Kopf auf das Lenkrad gestützt. So hatte er sich das nicht vorgestellt. Was hatte er hier eigentlich vor? Mit einem Ziel, aber ohne irgendeinen Plan und die leiseste Ahnung, wie er das erreichen sollte, was er sich vorgenommen hatte. Auf dem Fußweg schlenderte ein Teenager im Schein der Straßenlaterne an seinem Fahrzeug vorbei. Damit ihn die Beleuchtung beim Öffnen der Tür nicht verraten würde, schaltete er vorsichtshalber das Innenlicht aus. Erst als der Jugendliche vorüber und schon einige Meter entfernt war, stieg er leise aus. Jetzt brauchte er Zeit zum Nachdenken. Zeit, die er aber nicht hatte.

»Was passiert hier?«

Die nächsten Schritte sollten gut durchdacht sein. Seine Hand hielt er vor die Brust und starrte auf den Handrücken. Ein deutliches Zittern der Finger. Sein Hals war plötzlich trocken und er musste husten, als würde ihm die Angst in der Kehle sitzen.

»Reiß dich zusammen. Ganz ruhig bleiben.«

In der Nachbarschaft bellte irgendwo ein Hund, der von seinem Herrchen zurückgepfiffen wurde.

Waren Bewegungsmelder auf dem Grundstück, die ihn zu früh verraten würden? Nein, Lichtsensoren oder sonstige Alarmsysteme hatte das Zweifamilienhaus nicht. Das hätte er gewusst.

Nervös pendelte er vor dem Grundstück von einer Seite zur anderen und schaute über den Zaun durch die Büsche. Gewissensbisse machten sich breit. Sollte er auf ein Wunder hoffen und einfach verschwinden, anstatt die Dinge selbst in die Hand zu nehmen? Nein, wenn er jetzt einen Rückzieher machte, würde er sich seine Zukunft verbauen. Zwar hatte er schon unzählige ähnliche Situationen durchstanden, doch heute könnte es das letzte Mal sein.

Was mache ich hier eigentlich und wie ist es überhaupt dazu gekommen?

Gegrübel über die Vergangenheit. Er hatte viele Fehler gemacht. Vielleicht waren es schon zu viele.

Heute noch einmal, dann würde er sein Leben ändern. Dann würde er sein Leben ändern müssen. Hierbei lag die Betonung auf *müssen*, denn noch eine Chance würde er nicht bekommen.

Wieder ein Blick durch die Stäbe des Staketenzauns. Im Haus brannte Licht. Der Schatten einer weiblichen Person, seiner Zielperson, zeichnete sich auf dem zugezogenen Vorhang ab. Nervös überschlugen sich seine Gedanken.

Meine Güte, ich bin doch kein Anfänger. Also bleib ruhig.

Wenn er jetzt keinen klaren Kopf behielt, könnte es das letzte Mal gewesen sein. Schweißnasse Hände, Gewissensbisse, aber ein Zurück kam nicht in Frage. Er öffnete die Gartenpforte, die nur angelehnt war, schlich drei, vier Schritte und stolperte über eine leere Gießkanne. Mit Gepolter schrammte diese über die Gehwegplatten und stieß anschließend gegen den Rasenbegrenzungsstein.

»Scheiße!«

Er hörte sich selbst das Wort unterdrückt durch die zugebissenen Zähne schreien.

»Ich bin so blöde. Warum hab ich nicht gleich eine Trompete mitgebracht.«

Wie eine olympische Statue blieb er in der Bewegung erstarrt. So dass jemand, der aufgrund des Gepolters in seine Richtung sah, ihn für einen Baum, einen Busch oder irgend etwas anderes halten musste. Soweit seine Hoffnung, dass er mit seiner dunklen Kleidung in der Umgebung unterging. Diesen Trick hatte er einmal in einem Agentenfilm gesehen. Wenn sich also jemand vor einem ruhigen Hintergrund rührt, dass ihn gerade diese Änderung der Position von allem anderen unterscheiden und somit verraten würde. Somit blieb er in der Bewegung des Laufens eingefroren einfach stehen. Soweit seine Theorie. Würde er dennoch wider Erwarten entdeckt und daraufhin gefragt werden, ob gesundheitlich alles in Ordnung sei, wäre die Situation nicht nur sehr peinlich. Er hätte zudem sein Ziel verfehlt und könnte direkt einpacken. Oder was noch viel schlimmer wäre, wenn der Entdecker aufgrund der konfusen Situation mit seinem Smartphone Fotos schießen und weiterposten würde. Das war die andere Seite der Medaille. Und genau das geschah, befürchtete er in diesem Moment, weil sich hinten auf dem Gehweg an der Straße Schritte näherten und jemand stehen blieb. Sich auf sein Gehör verlassend, weil sich das Ganze hinter ihm abspielte, mussten es zwei Personen sein. Ein kurzes Getuschel, das Klicken eines Feuerzeugs, dann wieder leises Gemurmel. Nach einer gefühlten Ewigkeit nahm er erleichtert wahr, dass sich die Menschen in derselben Schrittfolge entfernten, wie sie sich genähert hatten. Seine Augen, und nur seine Augen, bewegten sich in alle möglichen Richtungen. Ob ihn trotzdem jemand bemerkt hatte? Er hatte Glück gehabt – dachte er.

Plötzlich ging die Außenbeleuchtung an und der halbe Garten wurde lichtüberflutet. Jetzt würde er entdeckt werden.

Reflexartig suchte er mit einem geschickten Hechtsprung hinter dem Rhododendron Schutz; wie sich herausstellte, keine Sekunde zu spät. Denn genau in diesem Augenblick öffnete sich die Haustür. Ein kurzes Stoßgebet.

»Lieber Gott, bitte …«

Direkt zwischen Rhododendron und dem Rosenbeet war er gelandet. Die Frau, deren Silhouette er im Fenster beobachtet hatte, ging die Stufen zum Garten hinunter, scannte die Umgebung und schaute ins Dunkel direkt in seine Richtung.

»Hallo?«

Sollte er sich … hatte sie ihn gesehen?

Voller Freude erkannte er, dass sie sich umgedreht hatte und wieder im Haus verschwand.

Jetzt musste er sein Vorhaben durchziehen. Ein Zurück gab es nicht mehr. Dafür stand zu viel auf dem Spiel, und er war schon so weit gekommen. Würde er nun entdeckt werden, wäre alles verloren. Schon oft hatte er sie gesehen, sie beobachtet. Vor zwei Tagen hatte er sie in der Stadt getroffen und sie hatten miteinander gesprochen. Von daher wusste er, dass sie heute allein im Haus war. Fest entschlossen griff er in seine Hosentasche und zog ein Klappmesser heraus. Mit dem Daumen fuhr er über die Klinge, die er gestern erst geschärft hatte. Nun würde er es zu Ende bringen.

Das typische *Ding Dong*, wie es in alten Häusern üblich war, hallte durch den Hausflur. Noch einmal tief durchatmen. Plötzlich legte sich eine tiefe Ruhe über seinen Körper und die Gedanken wurden glasklar. Durch das Mosaik der schweren Haustür sah er, dass im Inneren das Licht anging. Die Tür öffnete sich und er erblickte die Frau, die noch vor Kurzem auf den Stufen gestanden hatte. Schweigend schaute sie dem nächtlichen Besucher in die Augen und erkannte ihn. Bevor sie irgendetwas sagen konnte, legte sich sein Zeigefinger auf ihre Lippen.

»Schhhh, kein Wort.«

Um dem Nachdruck zu verleihen, hielt er ihr den spitzen Gegenstand entgegen. Geistesgegenwärtig griff sie direkt hinein und die Spitze bohrte sich in ihre Handfläche. Ein stechender Schmerz bis hin zur Schulter. Blut tropfte.

»Autsch!«

»Oh nein, jetzt hab ich es schon wieder vermasselt.

Entschuldige Jenny, du darfst mich schlagen dafür, dass ich zu spät bin. Die Rose war eigentlich als kleine Entschuldigung gedacht. Ich hab's schon wieder vermasselt. Das tut mir unendlich leid und war bestimmt nicht meine Absicht, dass du dich daran verletzt hast.«

Er wollte sie in den Arm nehmen.

Stinksauer wehrte Jenny ihn ab und saugte mit dem Mund an der Wunde.

»Bist du heute der Chefkomiker? Du hättest auch mal die Dornen entfernen können. Gut gemeint ist nicht immer gut gemacht.«

Sie schaute Henrik mit bitterbösem Blick an.

»Weißt du, wie spät das ist? Du hast Glück, dass ich zu dieser Zeit noch nicht in Essig liege.«

Schon zu oft hatte er sie sitzen lassen oder war eine Stunde zu spät zu ihr gekommen.

»Das Essen ist kalt. Komm erst einmal rein. Und wie siehst du überhaupt aus? So zugedreckt.« Während sie auf die Rose starrte, bildete sich eine Falte zwischen ihren Augen.

»Eine rote Baccara-Rose. Merkwürdig, die gleichen stehen bei meinem Vermieter im Vorgarten. Kann das Zufall sein?«

Henrik vermied jeden Kommentar, um die Situation nicht noch mehr zu verschärfen. Viel eher führte er einen Selbstdialog.

In Essig liegen? Nun musste er schmunzeln, weil Henrik den Spruch noch nicht kannte. So sauer wie Essig ist sie ja schon. Zum Glück hatte ich mein Taschenmesser dabei, sonst hätte ich überhaupt kein Präsent gehabt, um sie gnädig zu stimmen. Hoffentlich waren die Rosen vom Vermieter nicht abgezählt.

Wenn Jenny ihm davon berichten würde, sein botanisches Verbrechen flöge schnell auf. Dann müsste er sogar mit einem Hausverbot rechnen.

Nachdem sich seine Freundin beim Abendessen beruhigt hatte, hoffte Henrik, dass Jenny sein Zuspätkommen wieder vergessen hatte. Doch es kam anders.

»Ich weiß jetzt schon, wer den Abwasch macht. Und danach ist eine lange Massage fällig. Du bist dir darüber im Klaren? Strafe muss sein.«

Murmelnd sprach er wieder zu sich selbst.

»Och, Massage, Strafe? Es gibt Schlimmeres, und … zum Glück gibt es Mikrowellen und Spülmaschinen.«

Ein großer Stein fiel ihm vom Herzen. Es war geschafft.

Naja, für heute.

ALEXANDER DELGARDO

Ich komme gebürtig aus dem Hannoverschen Raum und lebe seit ca. zehn Jahren in Osnabrück.

Meine literarische Leidenschaft sind Thriller und humorige Krimis, die ich gerne lese, aber auch schreibe.

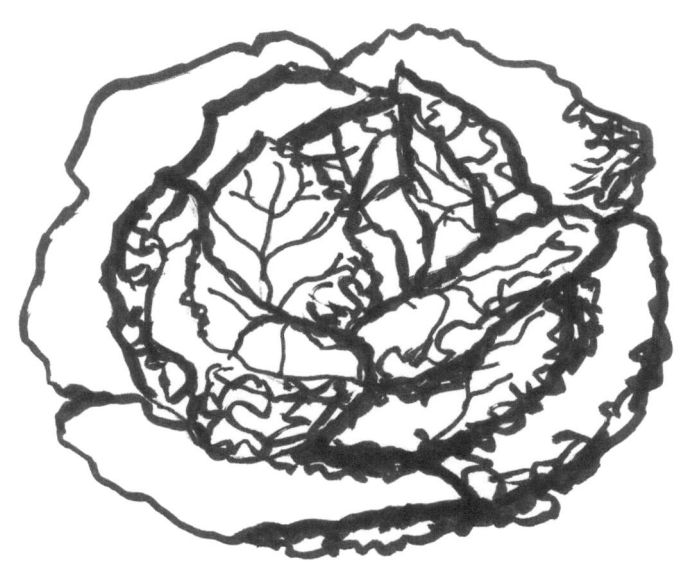

WIRSINGKOHL

Brassica oleracea

Regina König

DINNER FOR TWO

Laura sah angestrengt durch die Fensterscheibe in den Garten. Das Licht in der Küche hatte sie ausgeschaltet, um besser sehen zu können. Der nächtliche Vollmond erleuchtete das Gartengelände vor dem Gebäude. Wind spielte mit dem Laub der Bäume und Sträucher und sorgte so für eine gespenstische Szenerie. Die junge Biologiestudentin fürchtete sich. Sie fröstelte, obwohl es eigentlich eine schöne Augustnacht war.

Seit einem Monat erst arbeitete Laura im Botanischen Garten. Alles war ihr noch ein wenig fremd. Sie war nun Professor Hartmann zugeteilt worden. Er forschte an der Dekodierung von Genstrukturen. Die Familie der *Brassicaceae* und die Agrobiodiversität hatten es ihm angetan. In einem kleinen Garten, der mit einem Staketenzaun und Karnickeldraht umsäumt vor Fraß geschützt war, wuchsen diese verschiedenen Kohlpflanzen. Laura ging gerne auf das Angebot des Professors ein, als er sie unvermittelt bei ihrer Beschäftigung in einem der Gewächshäuser ansprach, ihm bei seinen Forschungen über die Schulter zu schauen und zu unterstützen. Eigentlich war Anne dieser Aufgabe zugeteilt. Doch seit ein paar Tagen war die ältere Kommilitonin wie vom Erdboden verschluckt.

Anne war wie Laura fremd in der Stadt. Die jungen Frauen hatten erst wenige Kontakte geknüpft. Im Botanischen Garten waren sie zu unterschiedlichen Dienstzeiten eingeteilt und kannten sich daher nur vom Sehen. In der Mensa hatten sie einmal zusammengegessen und sich über ihre Arbeit unterhalten. Anne hatte über Professor Hartmann gelästert, ihn einen Nerd genannt, weil er viel von »seinen« Pflanzen sprach. Sie hatte zudem den üblichen Klatsch und Tratsch wiedergegeben, den sie von den anderen Mitarbeitern und Studenten gehört hatte. Laura konnte sich selbst kein Urteil bilden, dafür war sie noch nicht lange genug im Botanischen Garten beschäftigt. Allerdings war er ihr sympathisch, weil ihr die stillen Menschen eher lagen, als die lauten Partygänger.

Kathrin arbeitete ebenfalls für Professor Hartmann. Laura und sie verstanden sich auf Anhieb. Manchmal, wenn ihnen die Sorge um die Artenvielfalt im Agrobiodiversitätsbeet zu eintönig war, schlichen sie sich ins Gewächshaus mit den Schmetterlingen. Die beiden Frauen liebten die bunten Falter. Fotografierten sie mit ihren Handys, wenn sie auf den Haaren, der Schulter oder der Hand bei einer der Freundinnen landeten. Ein älterer Gärtner erwischte sie einmal dabei, doch Laura und Kathrin fuchtelten winkend mit ihren Gartenscheren und taten wichtig, als wären sie im Auftrag des Professors unterwegs. Mit ihm kamen die beiden Studentinnen gut zurecht. Etwas geheimnisvoll kam ihnen Professor Hartmann allerdings schon vor. Es gab neben seinem kleinen Büro noch ein weiteres Zimmer.

»Huuh, das *verbotene Zimmer*«, kicherten die beiden später hinter seinem Rücken, als er ihnen zu Beginn ihrer Tätigkeit strengstens untersagte, diesen Raum zu betreten. Bei ihren Studien unterstützte der Professor sie jedoch in jeder Weise. Die Arbeit im Botanischen Garten machte ihnen Spaß, und nur manchmal kam die Frage auf, wo die seit Längerem vermisste Anne abgeblieben war.

Manchmal lud Professor Hartmann die beiden Mädchen auch zu einem Essen in die Küche der *Grünen Schule,* die sich in dem Hauptgebäude unterhalb der Büro- und Materialräume befand. Wenn dort zuvor eine Veranstaltung stattgefunden hatte, bei der Kinder und Jugendliche unter Anleitung einer Biologin ihr Popcorn oder andere Leckereien selbst zubereiten durften, um biologische Zusammenhänge zu vermitteln, bot er sich oft zum Aufräumen an. Dabei verschwand er ab und zu, stellte diverse Produkte aus dem verbotenen Zimmer dazwischen und hantierte anschließend mit den Messern, Pfannen und Töpfen. Laura und Kathrin schickte er währenddessen in den Kräutergarten, um frische Zutaten zu ernten.

Zu den Beweggründen befragt, warum er lieber mit den Studentinnen im Botanischen Garten aß, statt in der nächstgelegenen Pizzeria, sagte er stets, er wolle ein neues Rezept ausprobieren und ihre Meinung darüber hören. Was sie da gegessen hatten, konnten die beiden Frauen nicht sagen. Es schmeckte interessant, aber gut. Sie rätselten nur, warum er seine Vorräte im Nebenzimmer seines Büros lagerte. Auch stellte er die ungewöhnlichsten

Kräuter für die Gerichte zusammen. Seine Forschungen mit den Kreuzblütlern hätten damit zu tun, argumentierte er auf fragende Blicke der Studentinnen.

Die Neugierde blieb aber ständiger Begleiter von Laura und ihrer Freundin. Was war nur das Geheimnis im verbotenen Zimmer? Kathrin drückte einmal forsch die Klinke herunter, als sie für den Professor etwas aus dem Büro holen sollte.

»Verschlossen«, berichtete sie Laura am Abend, als sie mit dem Rad nach Hause fuhren.

»Natürlich, was hattest du denn erwartet?« Laura schaute ihre Freundin mit großen Augen verständnislos an.

Zwei Tage später, sie hackten gerade in den ihnen zugewiesenen Beeten, kam ein seltsam großer Knochen zum Vorschein. Laura bückte sich danach und zeigte ihn Kathrin. Aus irgendeinem Grund flüsterte sie und schaute sich vorsorglich nach allen Seiten um, ob sie beobachtet würden. Auch Kathrin war vorsichtig.

»Von welchem Tier soll der denn sein?«, fragte sie leise. Kathrin hockte sich ebenfalls hin und grub mit der Hand vorsichtig an der Stelle weiter, ob vielleicht noch weitere zu finden wären. Laura schaute sich wieder ängstlich zu allen Seiten um. Niemand schien auf sie zu achten. Die Gärtner gingen ihrer Arbeit nach. Die Blicke der Studentinnen trafen sich. Aus der frisch aufgewühlten Erde lugte ein weiterer Knochen heraus. Ohne Worte vergruben beide nun eilig ihre Funde wieder, harkten das Stück ordentlich über und schauten sich dann schweigend an.

»Die sind nicht von einem Tier!«, meinte Kathrin. Ihre Freundin schüttelte nur zustimmend den Kopf. Wen sollten sie über ihren Fund informieren? Ratlos standen sie im Gemüsegarten.

»Fertig?« Die unvermittelte Frage Professor Hartmanns ließ die Frauen zusammenfahren. Sie wussten nicht, wie lange der Mann schon hinter ihnen gestanden hatte. Er drehte sich ohne eine Antwort abzuwarten um und ging ins Hauptgebäude. Blass vom Schrecken, beendeten sie bald ihre Arbeit und radelten nach Hause.

Am Abend beschlossen die Studentinnen, noch einmal ungestört der Sache auf den Grund zu gehen und fuhren erneut zum Botanischen Garten.

***

Kathrin hielt es nicht länger aus. Sie ließ Laura verdutzt in der Küche der *Grünen Schule* stehen und ging eilig zur Tür in den Garten hinaus. Sie stellte sich zunächst dicht an die Hauswand und beobachtete angestrengt, ob sie den Mann, den sie vorhin mit Laura gesehen hatte, finden konnte. Ihr Herz raste. Der Vollmond war zwar hilfreich, um das Gelände gut überblicken zu können, doch um sich selbst unbeobachtet fortzubewegen, war das Mondlicht eher hinderlich. Die Schatten der Bäume und Sträucher nutzend, wählte sie den Weg zum Regenwaldhaus. Ihr Blick fiel dabei auf den Kräutergarten. Eine neue, frisch umgegrabene Stelle, eigentlich viel zu früh für diese Jahreszeit, war deutlich sichtbar. Der Bereich, in dem sie die Knochen nachmittags gefunden hatten, war noch säuberlich geharkt.

Ein nahes Knacken erschreckte Kathrin. Sie schloss, so leise es ging, die Tür zum Regenwaldhaus auf und huschte schnell ins Innere. Die Pfeiffrösche waren in ihrem Element. Die nur wenige Millimeter großen Frösche hatten ihr ohrenbetäubendes Konzert in der Dämmerung begonnen.

»Mist!«, fluchte Kathrin leise vor sich hin. Ihre Brille beschlug sofort wegen des feucht-warmen Klimas im Tropenhaus und nahm ihr augenblicklich die Sicht. Eilig suchte sie trotz der Sehbehinderung Schutz im nächsten Beet, denn sie hatte gehört, wie sich die Tür hinter ihr wieder langsam öffnete. Kathrin versuchte angestrengt ihren Verfolger zu entdecken. An ihrer Bluse rieb sie die Gläser ihrer Brille trocken, um die Feuchtigkeit zu entfernen. Mit wenig Erfolg. Immer noch mit verschwommenem Durchblick, lugte sie vorsichtig, ohne ein Geräusch zu verursachen, aus ihrem Versteck hervor. Die dunkel gekleidete Gestalt schritt langsam in ihre Richtung. Panik überkam die junge Studentin. Sie suchte nach einem Fluchtweg, verkroch sich jedoch noch weiter hinter einer großblättrigen Pflanze und bekam schmerzhaft die Spitzen der Stachelpalme auf ihrem Rücken zu spüren, da sie sich zu weit an deren Stamm gewagt hatte. Kathrin biss die Zähne zusammen.

Bloß kein Geräusch verursachen, mahnte sie sich selbst. Durch den Blättervorhang ihres Verstecks sah sie nun die Beine des Mannes, der suchend vorbeiging. Kathrin wagte kaum zu atmen. Ihr Verfolger schien sie nicht entdeckt zu haben und verließ das Regenwaldhaus durch die gegenüberliegende Tür. Einen Moment noch verharrte die junge Frau weiter in der Hocke. Dann aber schoss sie unvermittelt aus ihrem Versteck und rannte zur eisernen Wendeltreppe, die sich nur wenige Meter von ihr entfernt befand, lief eilig zwei Stufen auf einmal nehmend hinauf, um den oberen Ausgang ins Hauptgebäude zu erreichen und wieder zu Laura zu kommen. Plötzlich spürte sie einen heftigen Stoß am Kopf und sackte bewusstlos zusammen.

***

»Kathrin, wo bleibst du denn bloß? Du wolltest doch nur schnell was nachschauen«, sprach Laura ungeduldig im Flüsterton. Sie wagte es nicht, laut nach der Kommilitonin zu rufen. Angestrengt, mit zusammengekniffenen Augen, sah sie wieder durch das Fenster der Küche nach draußen.

War da nicht was? Da huschte doch wer den Gehweg entlang! Die Gedanken der jungen Frau überschlugen sich. Lauras Herz raste vor Aufregung. Plötzlich legte sich eine Hand fest auf ihre Schulter und ließ sie zusammenzucken. Reflexartig wirbelte sie, ohne einen Laut von sich zu geben, herum. Sie hob ihre Hand und verdutzte ihr Gegenüber mit einer schallenden Ohrfeige.

»Professor Hartmann!«, kam es erschrocken über Lauras zitternde Lippen gepresst. Nach Atem ringend und mit weit aufgerissenen Augen starrte sie den Mann an. Er stand regungslos vor ihr. In der unbeleuchteten Küche vermochte sie ihn erst kaum zu erkennen. Am dunklen Sweatshirt, das er meistens trug und natürlich

179

an seinem Vollbart, dessen Haare sie durch die heftige Ohrfeige noch auf ihrer Handfläche spürte, erkannte sie, wer nun unvermittelt vor ihr stand.

»Was tust du hier?«, fragte der Professor in seiner gewohnt sanften Stimme. »Warum hast du das Licht ausgeschaltet?« Der ältere Mann bewegte sich zur Tür und drückte auf den Lichtschalter. Das plötzlich gleißende Licht der Deckenlampen tat der jungen Frau in den Augen weh, sodass sie sie erst schließen musste. Sie blinzelte vorsichtig. Professor Hartmann schien sich nicht weiter für sie zu interessieren. Zielsicher steuerte er die Küchenzeile an und entnahm einer Schublade ein großes Messer. Er hielt es zunächst in der Hand und blickte sich dann zu Laura um. Sein Blick verweilte einige Sekunden auf ihr. Dann legte er das Messer auf die Arbeitsfläche, ging in den Nebenraum und kam mit einem Beutel Gefrorenem wieder. Abermals hielt er seinen Blick eine Weile auf die Studentin gerichtet.

»Komm Laura, hilf mir ein wenig!«, forderte er sie auf. Sie gehorchte wie in Trance. Professor Hartmann bückte sich und entnahm einem der unteren Schränke eine kleine Kiste mit Kartoffeln. Plötzlich nahm Laura das Schälmesser wahr, das vor ihr auf dem Tisch lag. Sie wusste nicht, wie es dorthin gekommen war. Ohne ein weiteres Wort forderte er sie auf, damit die Kartoffeln zu schälen. Der Topf mit kaltem Wasser rückte auch erst jetzt in ihr Blickfeld.

»Was wird das?«, kam es krächzend aus Lauras Kehle.

»Hühnerfrikassee«, war die gelassene Antwort, »mit – Kartoffeln.« Er forderte die junge Frau abermals mit einer

Handbewegung auf, sie zu schälen. Ekel überkam sie, als sie das undefinierbare Etwas ansah, das der Professor nun aus dem Gefrierbeutel nahm, um es zu zerkleinern.

»Iss doch, Mädchen«, forderte der Professor Laura lächelnd auf, als sie sich am Tisch der Küche gegenübersaßen. Laura wagte nicht, sich zu bewegen, ihre Augen starrten Professor Hartmann unentwegt an. Ihre Kehle war wie zugeschnürt. Er selbst führte genüsslich seine Gabel, voll des dampfenden Abendessens, zum Mund.

REGINA KÖNIG

Die Autorin wurde 1964 in Osnabrück geboren und lebt inzwischen im benachbarten Nordrhein-Westfalen.
Unter dem Pseudonym Regina König erschienen bisher kurze Geschichten und ein Roman.

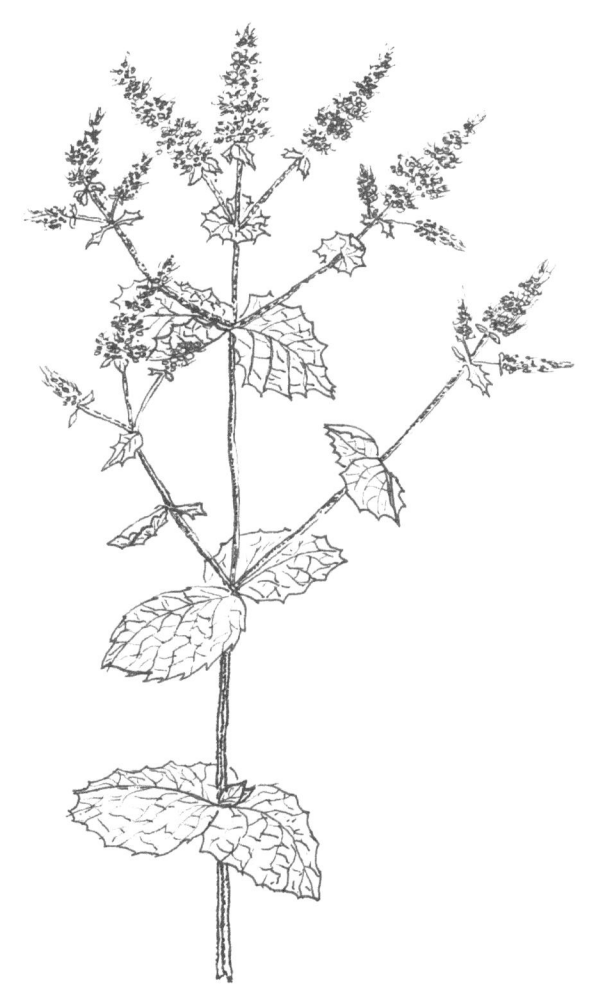

RUNDBLÄTTRIGE MINZE

Mentha suaveolens

Iris Foppe

MAGDAS MINZE

Ihre Hand zitterte, als Elisabeth nach dem Hörer griff.

»Hallo Gero? Hier ist Elisabeth. Ja, deine Nachbarin aus der Wohnung unten rechts. Es geht um meine Cousine. Ich mache mir Sorgen um sie. Wir waren verabredet und sie machte nicht auf. Ich bin dann rein. In unserem Alter weiß man nie, ob man nicht irgendwo stürzt und … Ja genau. Die Wohnung war leer. Ich hab mich dann umgesehen. Eine Flasche Kräuteröl liegt zerbrochen in der Spüle. Ein Küchenhandtuch daneben. Nein, Blut habe ich keines gesehen. Das glaube ich nicht. Ihre Handtasche ist ja noch da. Aber wie ich so im Schlafzimmer … jedenfalls höre ich etwas im Bad. Und als ich im Flur war, sehe ich nur noch einen Schatten durch die Küche in den Garten. Nein, ich konnte nichts erkennen. Magda könnte niemals so schnell … Nein, die halten mich doch für verrückt bei der Polizei. Und da hab ich gedacht, dass du, auch wenn du schon in Pension … Ja, natürlich warte ich. Gut. Ich schließe die Terrassentür ab. Doch, die war noch zu, als ich gekommen bin. Ich habe nachgesehen. Sie hätte ja auch im Garten … Nein, ich passe auf. Bis gleich.«

Elisabeth legte den Hörer auf und lauschte. Nichts. Der unbekannte Eindringling war nicht zurückgekehrt. Sie warf einen Blick ins Badezimmer. Der Spiegelschrank über dem flaschengrünen Waschbecken war offen. Im unteren Fach standen zwei Zahnbürsten in einem roten Zahnputzbecher neben ordentlich aufgereihten Zahnpastatuben. Das Fach darüber war leer. Elisabeth hatte es sofort nach ihrer Ankunft kontrolliert. Darin waren etliche Medikamente gewesen. Jetzt aber fehlten sie.

In der Küche empfing sie der wohlbekannte Kräuterduft. Pfefferminzblätter, die an einem Band vor dem Fenster trockneten, unzählige Flaschen mit braunen und klaren Kräuterlikören und diversen Ölen, die Elisabeth jedes Jahr nach geheimen Rezepten zubereitet und bis zuletzt recht erfolgreich auf Wochenmärkten verkauft hatte. Dosen mit Minzpralinen, Teemischungen und die zerbrochene Likörflasche verbreiteten zusammen einen Geruch, der die Luft zäh wie Sirup machte.

Elisabeth drehte den kleinen Schlüssel im Griff der Terrassentür um. Niemand würde jetzt hier unbemerkt eindringen können. Durch die Glasscheibe sah sie hinaus in den Garten.

Auch hier Kräuterbeete, Hochbeete und ein kleiner Gartenteich mit einer großen Weide, Iris und andern Lilien. Mehrere Blumen waren jetzt umgeknickt und man sah deutlich einen Schuhabdruck im Schlamm neben der Weide.

Als Elisabeth wenig später Gero hereinließ, betrachtete der pensionierte Kommissar sofort aufmerksam die Eingangstür.

»Keine Spuren. Du bist sicher, dass er trotzdem hier hereingekommen ist?«

»Vom Schlafzimmer aus hätte ich gesehen, ob jemand durch den Garten kommt.«

»Dann muss er einen Schlüssel gehabt haben.«

Elisabeth schüttelte den Kopf. »Nur Magda und ich haben einen Schlüssel zu der Haustür.«

»Seltsam. Und jemand kam aus dem Badezimmer? Was hat er da gemacht?«

Elisabeth öffnete die Tür und wies auf den offenen Schrank.

»Magda hat hier ihre Tabletten aufbewahrt. Und sie wäre nie ohne fortgegangen. Die Unterzuckerung im letzten Jahr war ihr eine Lehre.«

»Und sonst war alles unberührt?«

»Ich habe nichts angefasst. Man guckt ja schließlich Fernsehkrimis.«

Im Garten besah sich Gero den Fußabdruck unter der Weide und die Spur aus plattgetretenen Kräutern, die sich bis zur kleinen Gartenpforte zog.

»Wie groß war die Person, die du gesehen hast?«

»Na ja, mittelgroß denke ich. Der Mann war schon an der Pforte. Als ich dann auch da angekommen bin, war niemand mehr zu sehen. Aber irgendwo rechts von mir klappte eine andere Gartentür zu.«

»Eine andere Gartentür? Genau als du die Pforte erreicht hast?« Gero schob den Jackenärmel nach oben und drückte einige Knöpfe an seiner Armbanduhr. »Tu mir den Gefallen und geh doch bitte noch einmal durch den Garten. Genauso schnell, wie du hinter dem Eindringling hergegangen bist.«

Elisabeth ging zurück in die Küche. Dann öffnete sie

die Tür erneut und ging mit schnellen Schritten auf dem Rasen zwischen den Beeten in Richtung Gartenzaun. Sie öffnete die Zaunpforte und stand dann auf dem Grasstreifen, der zwischen den rückwärtigen Zäunen der Nachbarhäuser entlanglief. Auf beiden Seiten konnte man andere verschlossene Gartentüren sehen. Gero holte sie ein. Er sah auf seine Uhr und nickte. »Du hast genau eineinhalb Minuten gebraucht. Und das ist die Zeit, die der Unbekannte von dieser Gartenpforte bis zu einer anderen gebraucht hat.«

»Mit Arthrose kann man eben nicht mehr so schnell. Und der andere war deutlich jünger als ich.«

Gero nickte. »Dem Abdruck nach ein junger Mann mit Turnschuhen. Dann lass uns mal sehen, welche Pforte in Frage kommt.« Er sah auf die Uhr und ging mit großen Schritten nach rechts. Nach ein paar Metern hielt er an. »Wer wohnt in diesen beiden Häusern?«

Elisabeth musterte die Rückseiten der Einfamilienhäuser hinter den Bretterzäunen.

»Links eine Familie mit vier Kindern. Die sind in den Ferien, glaube ich. Und rechts wohnt ein Ehepaar. Die Frau ist ganz nett. Sie bringt Magda gelegentlich etwas vom Supermarkt mit.«

Gero rüttelte probeweise an beiden Türen. Sie waren verschlossen. Dann inspizierte er das Gras vor den Türen und schob mit dem Fuß kleine Steine hin und her. »Wir sehen uns die nette Frau und ihren Mann einmal an.«

Auf der Straße hakte sich Gero bei Elisabeth unter und beide schlenderten die ruhige Wohnstraße entlang, wie ein harmloses Ehepaar.

Vor dem fraglichen Haus stand ein Auto. Die Haustür öffnete sich und ein Pärchen erschien. Die Frau zerrte am Ärmel des Mannes und redete eindringlich auf ihn ein. Elisabeth verstand kein Wort und Gero blieb stehen. Der Mann schob die Hand der Frau grob beiseite. Er öffnete eine Mülltonne, die abholbereit vor dem Haus stand, und warf etwas hinein. Dann stieg er ins Auto. Seine Frau folgte ihm schimpfend.

Gero ging dann so langsam weiter, dass sie das Haus erst erreichten, als der Wagen bereits verschwunden war. Er hob den Deckel der Mülltonne an. Oben auf Plastikbeuteln mit Hausmüll lagen verschiedene Papierschachteln.

»Die gehören Magda. Ganz sicher.« Elisabeth fischte eines der Medikamente heraus. »Sie schreibt immer die Dosierung und das Kaufdatum auf die Vorderseite. Eindeutig ihre Handschrift.«

»Wir sollten uns das Haus einmal näher ansehen. Lass uns um ein Glas Wasser bitten.« Gero ging zur Haustür und klingelte. Aber auch auf erneutes Klingeln öffnete niemand. Gero trat zurück und ging um die linke Seite des Hauses herum in den Garten. Hoher Kirschlorbeer umwucherte ein leeres Stück Rasenfläche. An der Hauswand standen große Rhododendronbüsche in Rot- und Rosatönen. Gero schob einige Äste beiseite und beugte sich zu einem darunter verborgenen Kellerfenster hinab. »Na bitte«, sagte er und ließ Elisabeth ebenfalls hineinsehen. In einem erleuchteten Kellerraum hinter dem Fenster saß Magda mit gesenktem Kopf auf einem Stuhl. Ihre Hände lagen in ihrem Schoß und waren mit einer blauen Schur zusammengebunden.

»Ganz langsam umdrehen. Und dann verraten Sie mir, was genau Sie hier machen.« Elisabeth zuckte beim Klang der tiefen Stimme zusammen. Als sie sich neben Gero herumgedreht hatte, sah sie in das angespannte Gesicht eines jungen Polizisten, dessen Hand über seiner Waffe schwebte.

Einige Tage später saßen Gero und Elisabeth bei Kaffee und Pflaumenkuchen in Magdas Haus. Die alte Dame sah sehr zufrieden aus.

»Die Kollegen haben gesagt, dass die beiden bald vor Gericht gestellt werden«, sagte Gero und ließ sich noch ein Stück Kuchen geben.

»Geschieht ihnen recht. Mich einfach so zu überfallen. Zum Glück haben sie mir die leicht verwirrte alte Frau abgenommen.« Magda goss Elisabeth Kaffee nach.

»Aber Magda«, sagte diese und griff nach der Kaffeesahne. »Nun sag doch mal, was die beiden von dir wollten. Du hast doch keine großen Bargeldbeträge hier im Haus oder auf der Bank.«

Magda lachte, stand auf und ging zum Küchenschrank. Sie kam mit drei Schnapsgläsern und einer Flasche Pfefferminzlikör zurück. Elisabeth verzog das Gesicht. Magda goss auch ihr unerbittlich ein und schüttete dann den Rest des Likörs durch ein Teesieb in eine Karaffe.

Elisabeth beugte sich neugierig vor, denn sie hatte ein leises Klingeln in der Fasche gehört. Magda fischte zwischen den Pfefferminzblättern einen kleinen Glasstein aus dem Sieb, dessen geschliffene Oberfläche das Licht in allen Regenbogenfarben brach.

»Ein Brillant«, stellte Gero fachkundig fest.

»Mein guter Herrmann hat den Banken bis zu seinem Ende misstraut. Und so haben wir alles, was wir geerbt oder erarbeitet haben, in diese kleinen Steinchen umgetauscht.«

»Mein Gott, Magda, hast du etwa in jeder dieser vielen Flaschen …?«

»Aber nein, meine Liebe, so reich waren wir nun auch wieder nicht. Sie sind nur in den Flaschen mit den Pfefferminzblättern. Und ich muss wohl einmal danebengegriffen haben, als ich mich bei der netten Nachbarin für den letzten Einkauf bedanken wollte.«

IRIS FOPPE

Ich bin in den 80er Jahren zum Biologiestudium nach Osnabrück gekommen und habe in dieser Zeit den Botanischen Garten schätzen gelernt.

Das Schreiben begleitet mich schon seit der Schulzeit und ich konnte bereits einige Kurzgeschichten in Anthologien veröffentlichen.

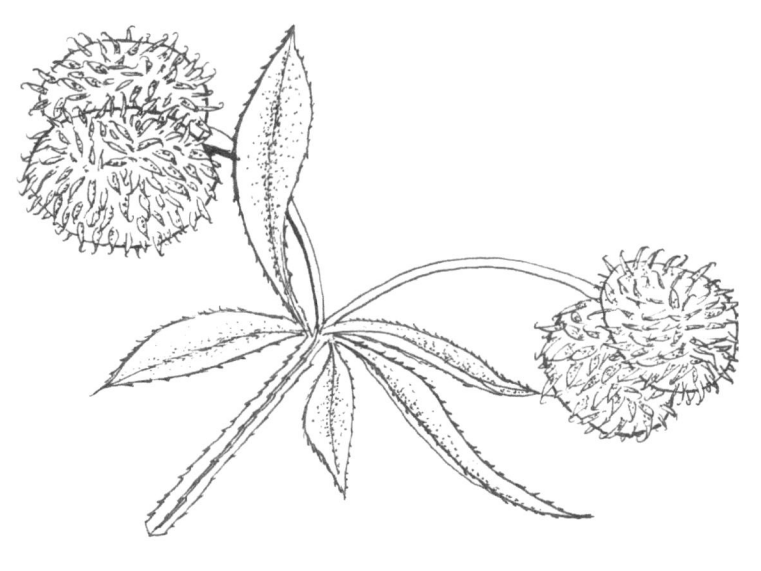

KLETTEN - LAUBKRAUT

Galium aparine

Kerstin Broszat

VAMPIRE IM BOTANISCHEN GARTEN

»Bist du fertig? Können wir losgehen? Es fängt nämlich bald an zu dämmern!«

Katja steht in der geöffneten Eingangstür und spielt ungeduldig mit der Taschenlampe in ihrer Hand.

»Moment noch! Ich suche gerade das Fernglas von Opa Hans – das muss ich unbedingt mitnehmen.«

Fünf Sekunden später kommt Tobi die Treppe hinuntergestürmt und rennt nach draußen.

Während Katja die Haustür abschließt, zeigt Tobi verwundert auf die Taschenlampe. »Wofür ist die denn?«

»Na, falls uns die Nacht eher überfällt, als wir denken.«

»Wieso?«

»Wenn wir im Steinbruch beim Beobachten die Zeit vergessen, kann das schon mal vorkommen.«

»Du hast doch aber eine Uhr mit, oder?«

»Ja, aber ich weiß nicht genau, wann es ganz dunkel ist, und außerdem kann es sich bewölken und dann ist's noch eher duster. Jetzt aber los, sonst brauchen wir uns erst gar nicht auf den Weg zu machen.«

Nach einer kleinen Fahrradtour den Westerberg hinauf stehen Tobi und seine Mutter Katja vor dem Eingangstor zum botanischen Garten.

»Alles bereit? Expeditionsausrüstung vollständig? Fernglas, Fotoapparat, Wasserflasche, Pflaster und Schokolade?«

»Mama – was soll ich denn hier mit Schokolade? Und wieso Pflaster?«

»Na, wer weiß, was alles an so einem Abend passieren kann – nachher müssen wir hier übernachten oder so.«

Tobi schaut seine Mutter entrüstet an. »Ich pass doch auf – was soll denn passieren? Können wir jetzt weiter?«

»Ja klar. Schau mal, ich habe vorhin noch den Plan vom Gelände ausgedruckt. Willst du den Weg suchen? Und finden natürlich?«

»Darf ich wirklich? Toll! Wo sind wir denn gerade?«

»Hier – da wo das kleine ‚i‘ steht. Das ist die Informationstafel am Eingang. Da stehen wir fast davor. Und wir müssen dahin, wo ich das Kreuz gemacht habe.«

»Hmmm? Ah – ja, jetzt weiß ich‘s! Folge mir einfach – der Expeditionsleiter kennt den Weg!«

Mit erhobenem Kopf schlägt Tobi den Weg nach rechts ein und ist schon einige Meter weiter, als Katja ihn zurückruft: »Sollte der Expeditionsleiter nicht auch seine Ausrüstung mitnehmen, oder sind dafür seine Helfer zuständig?«

»Oh – äh! Mama, nimmst du den Rucksack mit? Biiitte!!!!!!« Und schon ist er hinter der Wegbiegung verschwunden.

»Schlawiner!«, murmelt Katja vor sich hin, schnappt sich den Rucksack und macht sich auf den Weg.

Nach ein paar Sekunden hat sie ihren Sohn wieder eingeholt, und beide machen einen Abstecher zum Steg am großen Teich, um nachzuschauen, ob die Enten am Ufer schon schlafen. Auf Zehenspitzen schleichen sie sich heran, und genauso lautlos gehen sie wieder zurück auf den Hauptweg.

»Mama, wie weit ist es eigentlich noch?«

»Ich denke so zehn Minuten. Wenn wir da sind, wird es wohl schon etwas mehr dämmern als jetzt. Siehst du? Die Sonne ist schon fast hinter den Bäumen verschwunden!«

»Können wir dann ein bisschen schneller gehen? Guck mal, müssen wir hier lang?« Tobi zeigt auf die Karte.

»Ja, genau, jetzt rechts und dann immer geradeaus. Wir brauchen uns aber nicht zu beeilen. Bevor es nicht etwas dunkler ist, passiert da gar nichts.«

Tobi schlendert jetzt etwas langsamer neben Katja her. »Hey, hast du jetzt schon deine Energie aufgebraucht? Schokolade?«

»Nö!«, antwortet Tobi kurz und knapp.

Nach zwei weiteren Wegbiegungen stehen Katja und Tobi vor einem Tunnel. »Müssen wir da jetzt echt durch?« Tobi schaut ungläubig auf die Karte und bleibt stehen.

»Ja, wieso denn nicht? Die Karte wird schon richtig

sein. Außerdem war ich hier schon mal und weiß genau, dass der Weg hier durch geht.«

»Bist du sicher? Auf der Karte sehe ich aber keinen Tunnel, doch der Weg ist glaube ich richtig.«

»Siehst du! Komm – wer als erstes auf der anderen Seite ist! Auf die Plätze, fertig, los!«

Der ehrgeizige Expeditionsleiter ist natürlich als erster im Ziel. »Jetzt muss ich erst mal was trinken. Kurze Pause!«

Nach der kleinen Stärkung machen sich beide wieder auf den Weg, der jetzt nach einer Rechtsbiegung hinunter in den alten Steinbruch führt.

Tobi wird langsamer und langsamer und rückt dabei immer näher an seine Mutter heran. Nach kurzer Zeit schiebt er ganz unauffällig seine Hand in die ihre und drückt sie immer fester.

»Hey, was hängst du dich denn an mich wie eine Klette? Das kenn' ich ja gar nicht von dir! Wo ist denn der Mut des Forschers geblieben?«

Und noch ein Stückchen weiter bleibt Tobi ganz stehen. Er starrt vor sich hin und fragt schließlich: »Wollen wir nicht doch lieber wieder zurückgehen? Es ist doch schon ziemlich dunkel, und vielleicht schaffen wir es sonst nicht mehr.«

»Das glaube ich jetzt nicht! Du warst doch heute Nachmittag noch total begeistert, als wir den Plan geschmiedet haben. Also, was ist los?«

»Was ist, wenn die uns beißen? In dem Buch von

Leon gab's welche, die Blut saugen, und Leon hat mir erzählt, dass sein Onkel mal von einer gebissen wurde, und das Loch ist dann wochenlang nicht wieder zugeheilt. Und dem Onkel ging es dann immer schlechter, und dann musste er ins Krankenhaus, weil er eine Blutvergiftung hatte.«

Katja musste sich ein Grinsen verkneifen, ging in die Hocke, um ihrem Sohn in die Augen schauen zu können und sagte dann: »Leon hat dir das erzählt, ja? Ich glaube aber nicht, dass er diese Weisheiten wirklich aus seinem Buch hat. Weißt du was? Da vorne ist eine Bank, da setzen wir uns jetzt hin. Ich hole mein Handy aus dem Rucksack und wir schauen im Internet nach, was es mit diesen gefährlichen Viechern auf sich hat. Und danach entscheiden wir, wie's weiter geht, ja?«

»Okay!«

»Dann lass uns mal schauen! Hier, guck mal – die gibt's nur in Amerika. Da hat Leon dir ja ein schönes Märchen aufgetischt! Aber hier steht tatsächlich, dass sie sich vom Blut anderer Säugetiere ernähren. Oh – und sie suchen das Tier, das sie schon einmal gebissen haben mehrmals auf, weil die Wunde nur langsam wieder zuwächst.

Also mir reicht das an Information – ich schalte das Handy jetzt wieder ab, und wir setzen unsere Expedition fort. Was meinst du?«

»Kann ich auch noch mal sehen? Gibst du mir das Handy?«, fragt Tobi seine Mutter fast schüchtern.

»Ja, natürlich – hier.«

Tobi schnappt sich das Smartphone von Katja und studiert die Informationen noch einmal ganz langsam und still. Es ist förmlich zu sehen, wie es in seinem Oberstübchen arbeitet. Dann schaltet er das Gerät auf Standby und gibt es seiner Mutter zurück.

Fast gleichzeitig springt er auf und ruft: »Der Expeditionsleiter hat entschieden, dass keine Gefahr für die Mannschaft besteht! Die Mission kann weitergehen! Auf zum Endspurt!«

Mit diesen Worten setzt er zum Sprint an, rennt die letzten Meter hinunter in die Mitte des Felsenkessels und bleibt dann irritiert in der Mitte stehen

Katja spaziert hinterher, und als auch sie unten ankommt, fragt Tobi: »Und wo sind sie jetzt?«

»Lange kann es nicht mehr dauern, die Sonne ist ja inzwischen ganz verschwunden, und es dämmert schon. Komm, wir setzen uns hier unten auf den Boden und warten. Siehst du da vorne den zugemauerten Eingang vom alten Stollen? Darin verstecken sie sich tagsüber und im Winter, und durch die kleinen Öffnungen können sie rein und raus fliegen. Ich hab' mal gelesen, dass es in Osnabrück fünfzehn verschiedene Arten von Fledermäusen geben soll.«

Tobi hat sich ganz dich neben seine Mutter gesetzt und kuschelt sich ein bisschen an, das Fernglas erwartungsvoll in der Hand. Beide sind ganz still, nur ein bisschen Vogelgezwitscher ist noch zu hören.

Dann kommt die erste, und die zweite und dritte und vierte, und bald sind sie nicht mehr zu zählen, die vielen kleinen Flugakrobaten, die durch die Luft flattern und Insekten jagen.

»Mann, ist das toll! Das werde ich morgen in der Schule erzählen. Und Leon werde ich auch noch erzählen, dass wir welche beim Blutsaugen an einem Kaninchen beobachtet haben, damit der hier ja nicht hinkommt!«

»Ja, das hat er verdient!«

»So, fünf Minuten noch, dann müssen wir uns leider auf den Rückweg machen, sonst brauchen wir wirklich eine Taschenlampe. Das war doch ein genialer Ausflug.«

»Echt super. Schade, dass die nur abends rauskommen, sonst könnten wir ja mal mit der ganzen Klasse hierhinfahren.«

»Aber das könnt ihr doch trotzdem machen – hier gibt's doch noch ganz viel anderes zu entdecken. Frag doch einfach mal eure Lehrerin.«

»Mama?«

»Ja?«

»Können wir gleich ganz langsam fahren? Ich glaub', ich bin jetzt ganz schön müde.«

»Okay, wir müssen ja nicht weit und schieben die Räder einfach. Dann können wir uns unterwegs auch noch was erzählen.«

Und in dieser Nacht träumt Tobi von einer Fledermaus, die als Haustier in seinem Kleiderschrank wohnt, und die jeden Abend durch sein Fenster hinausfliegt, um ihr Abendessen zu jagen und sich nach ihrem Ausflug immer kurz auf seiner Schulter ausruht.

KERSTIN BROSZAT

Wohne seit meinem zweiten Lebensjahr in Osnabrück.

Gehe gerne zum Entspannen alleine oder mit Freunden im botanischen Garten spazieren, ich mag ihn einfach!

Zwei Computerlehrbücher habe ich geschrieben und veröffentlicht und ansonsten schreibe ich zum Zeitvertreib gerne Kurzgeschichten zu allen Themen, die sich gerade anbieten (die dann aber in einem Schuhkarton landen).

Webpräsenz: www.facebook.com/kerstin.broszat.96

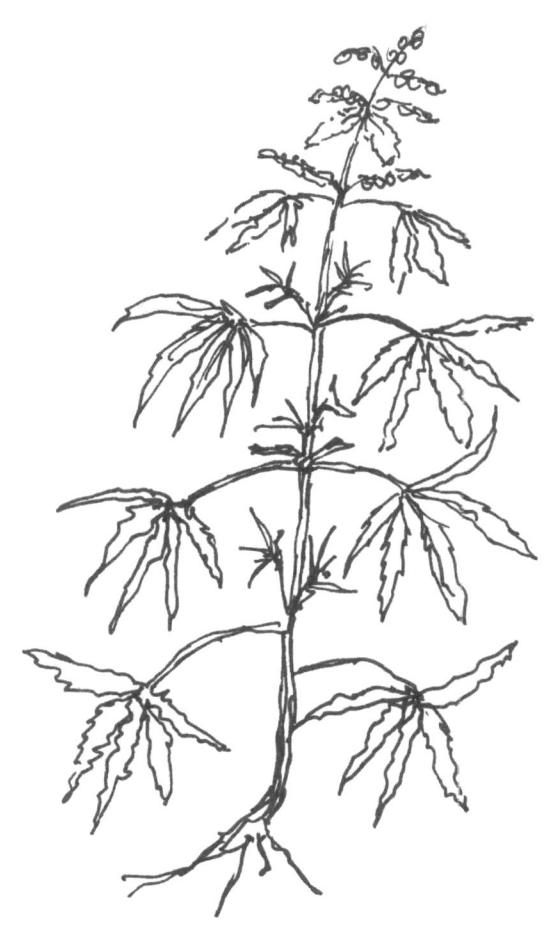

HANF

Cannabis sativa

Melanie Jungk

WEISST DU, WAS DEIN NACHBAR MACHT?

»Schatz? Bist du soweit?«, höre ich meine Freundin rufen.

»Moment noch«, antworte ich ihr. Ich schaue meinem Spiegelbild in die Augen. Wäre der Abend doch schon vorbei. Ich hasse solche Einladungen! Wie hatte meine zukünftige Schwiegermutter noch gesagt? Ach ja: »Du wohnst jetzt hier, also gehörst du auch zur Nachbarschaft!«

Ich höre zuerst die Stimme meines Fast-Schwiegervaters rufen: »Du brauchst ja länger im Bad als eine Frau!«, dann zwei Frauenstimmen lachen. Toll, wie immer bin ich zu spät. Wieder schaue ich mir in die Augen und sage zu mir selber: »Kopf hoch, wird schon ein schöner Abend werden – schön langweilig«. Ich kenne die Nachbarn nämlich bereits.

Als wir vier auf die Straße treten, fällt mein Blick auf das Haus gegenüber. Das Ehepaar Hoffmann kommt heiter auf uns zu. Die beiden mag ich wirklich. Sie sind beide über 70 Jahre alt. Sehr angenehme Leute. Immer zu einem Scherz aufgelegt. Bei unserem ersten Treffen habe ich, gut erzogen wie ich bin »Guten Tag, Frau Hoffmann« gesagt. Ihre Antwort lässt mich heute noch schmunzeln: »Junger Mann, sag lieber Mechtild zu mir, sonst habe ich das Gefühl, der Teufel hat meine Schwiegermutter aus der Hölle geworfen und sie steht wieder hinter mir!« Mein Gesicht muss sehr lustig ausgesehen haben, denn sie lachte sehr. Von Erika, meiner Schwiegermutter, habe ich dann erfahren, dass sie wirklich garstig gewesen ist. Schnell hatte sie hinzugefügt, dass sie selber nicht so sei! Mechtilds Mann, Gregor, konnte ein »Warten wir es mal ab« nicht unterdrücken. Das war wirklich ein lustiges Aufeinandertreffen gewesen. Die beiden haben keine Kinder, dafür schon fast die ganze Welt gesehen. Ich lausche gerne ihren Geschichten und nahm mir vor, den Abend in ihrer Nähe zu verbringen.

Nach der üblichen Begrüßung gehen wir nun zu sechst weiter. Das Grundstück neben meinem neuen Zuhause ist noch frei. Neben Mechtild und Gregor wohnt die Familie Singer. Der Name passt nur bedingt. Zwar sind sie laut wie ein riesiger Chor, aber mit singen hat das nichts zu tun. »'n Abend«, ruft Rainer zu uns rüber. Seine Frau Nadja tritt aus dem Haus und hebt zum Gruße den Arm. *Ohne Kinder*, denke ich noch hoffnungsvoll, aber da kommen die beiden schon aus dem Haus getobt. Ich mag Kinder, ja, ich mag sie wirklich. Meine Nichten und Neffen sind gerne mit mir zusammen. Die Zwillinge von meinem Kollegen freuen sich immer, wenn sie mich sehen, denn ich habe stets etwas Süßes in der Tasche. Aber diese beiden? Die gehen gar nicht! Diese beiden sind wirklich zum Abschrecken. Laut, wild, frech und unerzogen! Ich hätte nie gedacht, dass ich mal so denken würde, aber ein bisschen Disziplin täte den beiden gut. Sie kommen auf uns zugerannt und schreien durcheinander. Als hätte meine Freundin meine Gedanken erraten, sagt sie leise zu mir: »Schade, ich dachte, die beiden würden zuhause bleiben!« Laut streitend laufen die Quälgeister weiter die Straße entlang zum Haus der Familie Fischer. Diese haben uns heute eingeladen. Ganz geheimnisvoll hatten sie angekündigt, eine Überraschung für uns zu haben. Was das wohl wieder ist? Thomas Fischer ist ein Angeber vor dem Herren. Seine Frau Silke steht ihm da in nichts nach. Sie haben sich mit einem Internethandel selbstständig gemacht, und zwar sehr erfolgreich. Ihr Einkommen muss wirklich sehr gut sein, bei dem, was sie sich in letzter Zeit alles angeschafft haben. Meine Neugierde hält sich in Grenzen. Eigentlich will ich gar nicht wissen, was sie sich wieder Tolles gekauft haben. Interessant ist nur, welcher Spruch kommt. Wenn sie etwas Neues vorstellten, sagte entweder Silke Fischer »Das hat 1.000 Euro gekostet« oder ihr Mann »Aber frag nicht, was das gekostet hat!« Meine Freundin Nora und ich wetteten vor jedem Treffen. Dieses Mal hatte ich auf Silke gesetzt. Mal sehen.

Herbert Ibben kommt dazu. Er wohnt auf der anderen Seite der Fischers. Ihn mag ich noch weniger als seine angeberischen Nachbarn. Er ist furchtbar. Das Leben ist schlecht, die Regierung ist schlecht, die Lebensmittel sind schlecht und das Wetter sowieso! Im Gegensatz zu dem Ehepaar Hoffmann meckert er nur. Ein durch und durch negativer Mann. Was ich an ihm schätze, ist seine Ehrlichkeit. Er nimmt kein Blatt vor den Mund, sondern haut raus, was er denkt. Eigentlich ist er ein Einzelgänger, aber wenn er eingeladen wird, dann kommt er auch. Niemand ist böse, dass er selber eher selten zu sich bittet, denn er ist schon fast krankhaft ordnungsliebend. Sein Garten ist so ordentlich, dass man sich nicht traut hineinzugehen, geschweige denn den Rasen zu betreten. Herbert passt auch auf, dass dies ja keiner tut. Wenn wir bei ihm sind, dann dürfen wir sein Meisterwerk nur durch die Terrassentür bewundern. Schrecklich!

Damit sind wir also vollständig und die Blagen (ich entschuldige mich für meine Wortwahl, aber auf diese beiden passt der Begriff einfach zu gut) streiten sich darum, wer bei unseren Gastgebern klingeln darf. Herbert brummt nur: »Weg da!« und drückt selber auf die Klingel. Strahlend steht Thomas in der Tür und begrüßt uns überschwänglich. Gastfreundlich ist er, das kann man nicht abstreiten. In der einen Hand hält er ein silbernes Tablett mit Sektgläsern, in der anderen eine leere Flasche, auf der das Wort *Champagner* zu lesen ist. »Zur Begrüßung ein Glas Champagner für alle. Habt ihr so etwas schon einmal getrunken? Schmeckt viel besser als dein Discountersekt, Mechtild!« Die Angesprochene tritt auf ihn zu und nimmt sich ein Glas. Wortlos trinkt sie einen Schluck und schaut in die Runde. »Hm, ich finde, der schmeckt genauso wie mein Discountersekt. Thomas, netter Versuch! Wo hast du denn die leere Flasche her? Hast du dir extra die Mühe gemacht und den Sekt umgefüllt?«

»Sicher wieder anderer Leute Müll durchwühlt!«, fügt Herbert hinzu und geht ohne ein Glas zu nehmen an seinem Nachbarn vorbei. Mechtild folgt ihm lachend. Stumm wartet Thomas ab, bis alle ins Haus eingetreten sind. Das verspricht doch noch ein interessanter Abend zu werden!

Die Überraschung zeigt sich uns in Form eines riesigen Pools. Stolz gibt Thomas die Maße bekannt und seine Frau haut den Kaufpreis heraus. Ein Punkt für mich! Der Vater meiner Freundin schaut ihn sich näher an. »Wow«, sagt er, »da kann man ja richtig ein paar Bahnen ziehen. Puh, da hast du aber zu viel Chlor drin, oder?«

»Nein, nicht zu viel. Das ist richtiger, flüssiger Chlor. Nicht diese Tabletten aus dem Billigladen an der Ecke. Ich verwende nur gute Sachen! Da sind 60.000 Liter Wasser drin!«

Die beiden, okay, ich sage mal *lebhaften* Jungs laufen gleich los und wollen ihre Badesachen holen. Den neuen Poolbesitzern ist das nicht so recht, aber die Eltern, die eine grenzfreie Erziehung bevorzugen, betonen mehrfach, dass die beiden schwimmen können.

Der Abend fängt also nicht so gemütlich an, da die beiden Krach machen, als säßen wir an einem heißen Sonntagnachmittag in einem überfüllten Freibad. Herbert kann sich Kommentare nicht verkneifen. Auf ihn ist Verlass. Dem Chlor sei Dank, halten die Jungs es nicht lange im Pool aus. Ich muss zugeben, dass ihre Augen schon schlimm aussehen und der Chlorgehalt wohl doch etwas zu hoch ist, aber mein Mitleid hält sich in Grenzen. Wie gesagt, ich mag Kinder – eigentlich!

Das Essen ist lecker. Klar, kommt ja auch von einem super Grill. Auch neu. Dieses Mal bekommt Nora den

Punkt. Thomas sagt: »Aber fragt nicht, was der gekostet hat!« Eigentlich zählt der nicht, denn seine Frau war gerade nicht anwesend, aber ich bin nicht kleinlich. Wie ich es mir vorgenommen hatte, sitze ich bei dem Ehepaar Hoffmann und lausche ihren Reiseberichten. Der Nachteil ist, dass die beiden gerne ein Gläschen Likör trinken. Natürlich muss auch ich davon kosten. Da gibt es kein Entkommen.

Später am Abend beginnt es zu dämmern. Die Hoffnung aller Anwesenden, dass die Kinder bald ins Bett müssen, schwindet mit dem Satz der Mutter: »… schließlich haben die beiden heute extra einen Mittagsschlaf gemacht, damit sie bis zum Schluss bleiben können!«

Herbert bringt es auf den Punkt: »Das will doch gar keiner!« Wie immer ignorieren die Eltern seinen Kommentar und versuchen, das Gespräch auf ein anderes Thema zu lenken.

Als es schon dunkel ist, haben die Jungs die Idee, noch einmal schwimmen zu gehen. Da die Eltern das schlimme Wort »Nein« komplett aus ihrem Wortschatz verbannt haben, geht das Gekreische von vorne los. Wie mich das nervt!

Hektik, Krach und Panik lässt uns aufschrecken. Mit einem Geräusch, das ich bisher noch nie gehört hatte, platzt der schöne, neue Pool und das ganze Wasser verteilt sich in dem Garten. Die beiden Jungs kreischen, als sie mit dem Wasser über den Rasen rutschen. Die Eltern der beiden springen auf und versuchen sie einzufangen.

Thomas und Silke bleiben wie erstarrt stehen und können es nicht fassen.

Herbert kommentiert es in seiner trockenen Art: »Jetzt können die doch wohl ins Bett!«

Mechtild schaut erschrocken zu und hält sich die Hand vor den Mund. Meinem demnächst Schwiegervater entfährt ein: »Der schöne Pool!«

Nora sucht meine Hand. Wie panisch rennt Nadja zwischen ihren inzwischen liegen gebliebenen Kindern und den Hausherren hin und her. So habe ich sie noch nie erlebt. Sie schimpft und wütet. Als Thomas sich wehrt und sie ebenfalls anschreit, mischt Rainer sich ein. Ein riesiger Streit beginnt. Es fallen Worte wie »Unverantwortlich« und »Lebensgefährlich«. Thomas, durch den Alkohol enthemmt, macht seiner Meinung über die beiden Buben Luft und damit ist der Abend gelaufen. Herbert, dem es nun endgültig reicht, verabschiedet sich mit einem: »Das wird mir hier jetzt zu blöd!« und verschwindet nach Hause. Das Ehepaar Hoffmann tut es ihm gleich.

Nora und ihre Mutter begleiten Rainer und seine Familie nach Hause. Die beiden Jungs, die sonst so eine große Klappe haben, heulen immer noch theatralisch. Die Gastgeber sind völlig durcheinander und bitten meinen Schwiegervater und mich, ebenfalls zu gehen. Auf der Straße treffen wir unsere Frauen und gehen aufgewühlt nach Hause. »Jetzt brauche ich erst einmal einen Cognac«, verkündet meine Freundin und wir anderen stimmen zu. Endlich wieder in den eigenen vier Wänden, holt Nora den guten Cognac, den wir von unserer letzten Reise mitgebracht haben und füllt vier Gläser. Was für ein Abend! Wie spät ist es überhaupt?

Oh, Mist. Ich habe mein Handy liegen lassen. Ich trinke mein Glas leer und mache mich noch einmal auf. Als ich den Hof der Fischers betrete, durchbricht ein lauter, hysterischer Schrei die Stille der Nacht. Da ich die Tür zu unserem Haus aufgelassen hatte, haben es auch die anderen gehört und kommen nun auf die Straße gerannt. Der Schrei kommt eindeutig aus dem Garten der Fischers. Ich eile los. Die Haustür ist nicht verschlossen. Im Garten brennen noch alle Lampen. Als ich ihn erreiche, sehe ich, wie Herbert über dem Hausherrn kniet und auf ihn einschlägt. Neben den beiden liegt ein Topf mit einer mickrigen Pflanze darin. Thomas Fischer blutet bereits im ganzen Gesicht und hat das Bewusstsein verloren. Nur mit Mühe kann ich Herbert von dem armen Mann wegziehen. Er tobt und schreit: »Du verdammtes Arschloch, du hast meine Pflanzen zerstört. Dein scheiß Chlorwasser hat alles kaputt gemacht! Ich bringe dich um! Weißt du eigentlich, um wie viel Geld du mich jetzt gebracht hast? Das wäre genug gewesen, um endlich aus diesem scheiß Land zu verschwinden und dieses scheiß Leben aufgeben zu können! Du ...«

Es dauert noch etwas, dann kommen der Rettungswagen und auch die Kollegen. Herbert tobt noch immer. Der Alkohol wirkt weiterhin. Wir können gar nicht glauben, dass jemand wegen seiner Pflanzen so aus der Haut fahren kann.

Am Tag darauf erfahren wir dann, was hier passiert war. Herbert, den alle als spießigen, nörgeligen, unzufriedenen Junggesellen kennen, hatte zwischen seinen schönen Blumen und Sträuchern eine nicht zu unterschätzende Hanfplantage angebaut. Die Pflanze, die neben Thomas gelegen hatte, war eine davon. Das starke Chlorwasser hatte sämtliche Pflanzen zerstört. Der finanzielle Schaden war enorm. Wer hätte das gedacht!

Ich nicht! Und das hängt mir noch lange nach. Für meine Kollegen ist das ein gefundenes Fressen. Auf dem Revier werden sie mich sicher noch lange aufziehen. Jeder der Kollegen kennt mich nun als den Polizisten, der eine Hanfplantage nicht einmal dann erkennt, wenn sie nebenan wohnt. Sehr witzig!

MELANIE JUNGK

Melanie Jungk wurde in dem schönen Örtchen Fürstenau im Landkreis Osnabrück geboren. Ihre Leidenschaft gilt dem Krimi und so liegt es nahe, dass auch sie in diesem Genre schreibt. Neben einer Reihe von Fürstenauer Kriminalromanen hat sie weitere Bücher und Kurzgeschichten veröffentlicht. Mit der Liebe zum Detail gibt sie Einblicke in das Leben und die Besonderheiten ihrer Heimatregion. So gibt es die Mordwaffe aus ihrem Erstlingswerk *Schnapsleichenfund* zu kaufen. Der Kräuterschnaps wird in Fürstenau hergestellt und ist getrunken garantiert harmlos.
www.melanie-jungk.de

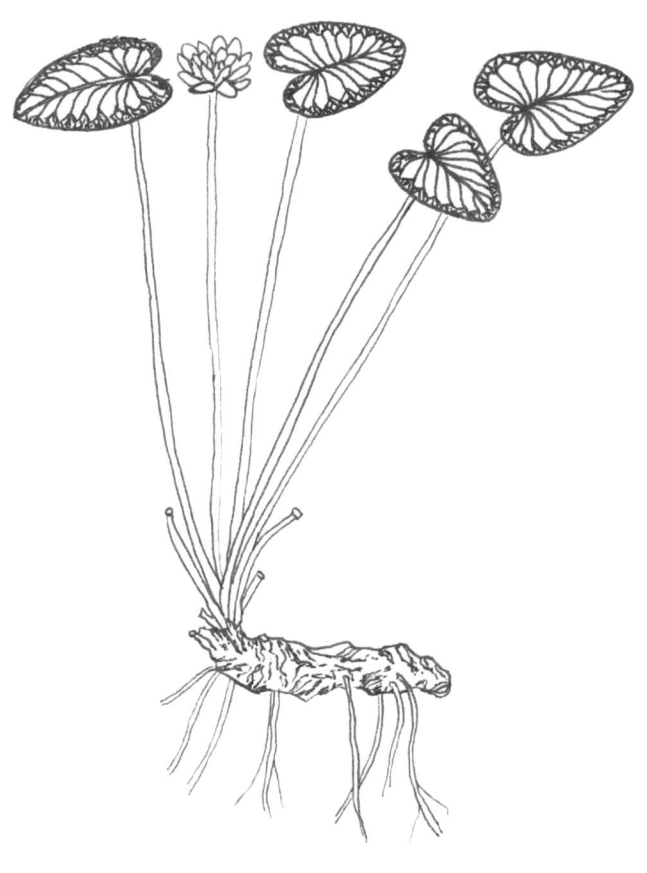

SEEROSE

Nymphaea alba

Marie Winnefeld

VIEL LÄRM UM FISCH

»Hörst du auch dieses merkwürdige Geräusch?«

»Ja, laut und deutlich. Wie kannst du bei dem Krach nur so lange schlafen?« Taxo sah Rosi lächelnd an.

»Ich hab nur ein bisschen gedöst, die Sonne scheint heute so schön.« Rosi reckte sich ein bisschen in die Höhe, um näher am Licht zu sein.

»Manchmal ist es besser, wenn man nicht mehr gut hören kann«, amüsierte er sich.

»Ich höre noch sehr gut«, entrüstete Rosi sich, »weißt du denn, was das für ein Lärm ist?«

»Nein, aber er wird immer lauter. Ich glaube, der Krach kommt von der anderen Seite des Gartens.«

»Nicht, dass die noch mehr von diesen hohen Häusern bauen! Weißt du noch? Wie lange ist das her?« Rosi überlegte.

»Ich glaube das war 2030«, antwortete Taxo.

»Genau. Da haben sie einen Monat rund um den Garten alles zugebaut. Dieser entsetzliche Krach damals. Zum Glück sind wir hier im Garten sicher. Hier dürfen ja keine Häuser gebaut werden.«

»Damals ging es dir nicht gut, daran kann ich mich noch erinnern. Deine Blätter waren schon ausgebleicht, weil du den Stress nicht vertragen hast.«

»Ja, ja«, jammerte Rosi, »schlimm war das. Und das nur, weil die Menschen immer mehr werden und nicht wissen, wo sie wohnen sollen. Dabei gibt es nicht genug zu essen für alle, die Lebensmittel waren doch 2020 schon knapp.«

»Nicht nur knapp, sondern auch giftig. Zum Beispiel Fische aus dem Meer konnten sie damals schon nicht mehr essen, alle mit Plastik verseucht.«

Wieder war ein Geräusch zu hören, das beide nicht zuordnen konnten.

Taxo spitzte seine Blätter in die Richtung, aus der der Lärm kam, aber so etwas hatte er noch nie gehört.

»Baum?«, rief Rosi zum dritten Mal.

Taxo hörte sie erst jetzt, so sehr war er mit dem Lauschen beschäftigt.

»Ich heiße Taxo, von Taxodium, das habe ich dir schon tausendmal gesagt!«, empörte er sich.

»Ich weiß Baum, aber für mich bist du halt Baum«, schmollte Rosi.

»Du nennst mich doch auch immer Rosi und nicht Seerose. Eigentlich heiße ich Nymphea, wenn du schon ins Lateinische verfällst.«

Diesen Streit führten die beiden immer wieder. Am Ausgang änderte sich nichts. Alles blieb wie es war. Taxo nannte Nymphea Rosi und Rosi sprach Taxo weiterhin mit Baum an. Bis zum nächsten Streit.

»Was wolltest du denn?«, fragte Taxo, als sich beide beruhigt hatten.

»Ich verstehe die Menschen nicht. Du etwa?«

»Nein, nicht wirklich. Ich glaube die verstehen sich selber nicht.«

»Wie kann man sich denn selber umbringen?«

Taxo überlegte. »Du meinst das mit der Umwelt?«

Rosi nickte. »Ja, die machen alles kaputt und merken erst hinterher, dass es nichts mehr gibt, was sie essen können, ohne krank zu werden.«

»Die sind halt doof.«

»Aber die können doch denken, oder?«

»Ja, sagt man jedenfalls«, grummelte Taxo.

»Meinst du, das stimmt nicht?«

»Doch irgendwie schon, aber irgendwie auch nicht, oder?«

»Wieso?«, fragte Rosi.

»Zum Beispiel, dass es heute mehr Plastik im Meer gibt als Fische, das haben die Menschen 2017 schon berechnet.«

»Ach ja Baum, die können ja rechnen.«

»Nicht nur das. Sie teilen auch sonst alles in Zeitabschnitte ein. Zehn Stunden arbeiten, fünfzehn Minuten Pause, zwanzig Minuten Kartoffeln kochen – damals, als es noch welche gab.«

»Aber, dass die Erde noch höchstens zwanzig Jahre besteht, soweit können die Menschen nicht rechnen«, stellte Rosi fest.

Taxo wiegte sich im Wind. Er schien nachzudenken.

»Unter mir saß mal ein Psychologiestudent, der hat für eine Klausur gelernt. Er las sich alles laut vor, vielleicht konnte er das so besser behalten. Auf jeden Fall ging es um Verdrängung. Wenn ich das richtig verstanden habe, können die Menschen Dinge verdrängen. Also das ist dann für die so, als ob das Problem nicht mehr da ist.«

»Versteh ich nicht, Baum. Ich glaube die Menschen kann man nicht verstehen.«

Beide schwiegen eine Weile.

»Ist heute eigentlich Besuchertag?«, fragte Taxo.

»Ich glaube nicht. Es kommt doch sowieso niemand mehr.« Rosi seufzte tief.

»Früher, an sonnigen Tagen, war es hier richtig voll, weißt du noch?«

»Da haben die Menschen sich an uns erfreut und waren gerne hier. Jetzt kommt keiner mehr«, jammerte Rosi, »dabei sehe ich immer noch gut aus, auch wenn ich ein wenig in die Jahre gekommen bin.«

»So schlimm ist es nicht, Röschen«, versuchte Taxo sie zu beruhigen.

»Doch, doch, es ist schon lange her, dass jemand uns besucht hat. Und ich kann mich gar nicht mehr erinnern, wann mich das letzte Mal jemand fotografiert hat. Und jetzt auch noch dieser Lärm hier. Im Moment haben wir eine richtige Pechsträhne«, beharrte Rosi.

»Rosi, was aussieht wie eine Pechsträhne, ist manchmal nur ein zu kleiner Ausschnitt der Realität«, versuchte Taxo sie zu belehren, erntete aber nur einen mürrischen Blick von der Seerose.

»Wenn du einen längeren Zeitraum betrachtest, stellt sich die Realität anders dar. Es waren Besucher hier. Denk nur an die Schulklasse.«

»Schulklasse? Das ist mindestens fünf Monate her. Da brauchst du mir nichts von einem *zu kurzen Ausschnitt aus der Realität* erzählen. Fünf Monate ist eine lange Zeit.«

»Vielleicht haben die Menschen keine Zeit mehr für sowas. Aber da hinten sehe ich ein paar auf uns zukommen.«

»Wirklich? Ich bin mir ganz sicher, dass heute geschlossen ist. Warte mal …« Rosi überlegte. »Doch, doch, gestern war der Mann hier, der immer nachsieht, ob wir gesund sind. Danach ist der Tag, an dem keine Besucher reindürfen. Wie viele siehst du denn?«

Taxo reckte sich so weit in die Höhe, wie seine Struktur es zuließ.

»Mindestens zehn. Warte mal, ich …«

Der Rest des Satzes ging in einem ohrenbetäubenden Lärm unter. Rosi verzog alle Blätter auf einmal.

Taxo sah am anderen Ende des Botanischen Gartens eine riesengroße Maschine hineinfahren. So etwas hatte er noch nie gesehen. Sein Gefühl sagte ihm aber, dass das nichts Gutes bedeuten konnte. Dann wurde es still und Taxo nutzte die Gelegenheit, um Rosi zu informieren.

»Baum, vielleicht ist das ein Bagger? Sowas haben die Menschen doch benutzt, als die Häuser damals gebaut wurden.«

»Nein, viel größer.«

Rosi bekam Angst. »Die werden doch hier keine Häuser bauen?«

»Nein«, beruhigte Taxo sie, »wir sind doch geschützt.«

»Hoffentlich wissen die das auch!«

Taxo sah die Menschen näherkommen. Einige bogen in Richtung Regenwaldhaus ab. Zwei von ihnen gingen direkt auf Taxo und Rosi zu und blieben auf der kleinen Brücke stehen, die über den Teich führte. Beide Frauen sahen sich um.

»Als Erstes muss das Regenwaldhaus abgebaut werden. Das können wir nicht abreißen, dann liegen die ganzen Scherben hier rum und der Boden kann nicht verlegt werden«, sagte die Frau, die einen Hut aufhatte.

»Klar, erst abbauen«, erwiderte die andere und tippte auf ein elektronisches Gerät. »Während der Glaskasten abgebaut wird, fangen wir mit dem Einebnen an, die ganzen Hügel müssen weg. Am äußeren Rand schütten wir an einigen Stellen Erde auf.«

»Klar, einebnen, Hügel weg, Erde aufschütten.« Die Frau sah von ihren Notizen auf und musterte Rosi. »Ist aber schon schön hier.«

Die Frau mit Hut sah die andere nur kurz an. »Klar.« Dann lächelte sie und fügte hinzu: »Aber mal wieder Fisch essen ist doch auch nicht schlecht.«

»Mhm, stimmt, so richtig frischen Fisch, lecker. Wie lange ist das wohl her?«

»Auf jeden Fall viel zu lange!«, erwiderte die Frau mit Hut entschieden. »Wenn du mich fragst, war es schon lange überfällig, dass von diesen privilegierten Biotechnologen endlich mal einer rausbekommt, wie man mikroplastikfreie Fische züchtet, die wir ohne Bedenken essen können.«

»Stimmt. Damals, als die Ärzte herausgefunden haben, was dieses Mikroplastik im menschlichen Gehirn anrichtet … ich mag gar nicht daran denken.« Die Frau schüttelte sich.

»Musst du auch nicht, jetzt gibt es bald wieder *richtigen* Fisch. Das heißt, wenn wir zügig weiterarbeiten. Je schneller wir fertig werden, desto eher haben wir aus dem alten Steinbruch einen Fischteich gemacht und ich hab die erste *Forelle blau* auf meinem Teller.«

Rosi und Taxo sahen sich an und der Baum wusste, dass der Tropfen in Rosis Gesicht kein Wasser aus dem Teich war.

»Nein! Baum, was machen wir denn jetzt?«, rief Rosi mit tränenerstickter Stimme.

»Das ist jetzt wohl der letzte kurze Ausschnitt aus unserer Realität!«

Rosis Antwort ging im Lärm unter.

MARIE WINNEFELD

Ich wurde am Rande des Teutoburger Waldes geboren. In Osnabrück lebe, arbeite und schreibe ich seit Ende der 80er Jahre.

Seitdem ich lesen gelernt und entdeckt habe, dass aus den Buchstaben des Alphabetes Wörter, Sätze und letztendlich Geschichten entstehen, fasziniert mich das geschriebene Wort immer wieder neu.

Heute schreibe ich Lyrik, Kurzgeschichten und Romane.

LILIE

Lilium hybridum

Gisela Knoop

EKELMEKEL – MENETEKEL

Die klimatisierte Kühle der Museumshalle überzog ihre schlanken Beine mit einer unattraktiven Gänsehaut, sie fröstelte in ihrem gelb gemusterten ‚Sommerfähnchen'. Heute bemühte sie sich vergeblich, Noldes farbgewaltiger Darstellungskunst die nötige Aufmerksamkeit angedeihen zu lassen. Ein letzter Blick auf ihr Lieblingsbild ‚Königskerze und Lilien' – ein wunderbares Gelb – und sie entschloss sich zu gehen.

Gut, sie versuchte, ihren einsamen Wochenenden etwas Sinn zu verleihen, indem sie sich, statt ihren immer flüchtigen Männerbekanntschaften hinterherzuhetzen, auch mal für Kunst und Kultur interessierte. *Kunst statt Kerle*, dachte sie und grinste in sich hinein.

Aber für heute war es genug, sie strebte gerade dem Ausgang zu, als ein junger Mann ihren Weg kreuzte und sie fast anrempelte. *Angenehmes Äußeres, Ausstrahlung okay*, konstatierte sie automatisch, als er sich hastig entschuldigte und ihr etwas in die Hand drückte. »Für Sie persönlich«, murmelte er und war auch schon verschwunden.

Sie entfaltete das Papier, das er ihr gegeben hatte und las verblüfft »Bitte rufen Sie mich an, Sie sind die Frau meines Lebens!« Die Telefonnummer folgte.

Wie vom Blitz getroffen stand sie in der Halle, fassungslos. Es musste sich um einen Verrückten handeln oder war das die neueste Aufreißmethode? Lag möglicherweise ein dickes Körnchen Wahrheit darin? In der Scheibe des Museumsshops erblickte sie ihr Spiegelbild: sie lächelte sich zu und fand sich erstaunlich schön.

In den nächsten Tagen beschäftigte sie sich ständig mit der Frage »Tue ich's oder tue ich's nicht?« – anrufen nämlich – und konnte sich kaum auf ihre Arbeit konzentrieren, sodass sie schon die ungehaltenen Blicke ihres Chefs riskierte. Das nächste öde Wochenende rückte näher, es musste etwas geschehen.

Mit zittrigen Fingern wählte sie die angegebene Nummer und war sofort erleichtert, als sich eine angenehme Männerstimme meldete, deren Besitzer über ihren Anruf hocherfreut zu sein schien. Der Mann aus dem Museum, so nett! Sie verabredeten sich für den nächsten Abend in seiner Wohnung, die nicht weit von der ihrigen an einem belebten Platz lag. Auf einmal fühlte sie sich ganz cool und sicher, sie war eine gestandene selbstbewusste Frau und sie wollte einfach nicht länger allein sein. Verständlich, oder? Was konnte schon schiefgehen? Na, alles!

Der besagte Abend kam, sie machte sich sorgfältig zurecht und stöckelte die wenigen hundert Meter zu seiner Wohnung. Diesmal waren ihre Stilettos signalrot und das Kleid orangerot gemustert. ‚Dezent‘ war nun mal nicht ihr Stil. Er öffnete die Tür, nahm ihr die mitgebrachte Flasche Wein ab und schien sich wirklich zu freuen. Die Wohnung war zwar groß und geschmackvoll eingerichtet, aber wie es dort aussah. *Er hätte wenigstens aufräumen können!*, wunderte sie sich.

Sie nahm den angebotenen Platz an und bemühte sich, sich so graziös wie möglich in das viel zu weiche Ledersofa sinken zu lassen, der Saum des kurzen Kleides entzog sich ihren Händen. Pfui Teufel, da klebte sie schon mit ihren nackten Beinen an eingetrockneten Bierflecken (hoffentlich!) fest, war das ekelhaft! Bei näherer Betrachtung hatte auch der Gastgeber nicht ganz die angenehme Ausstrahlung wie zuvor, sein Haar hätte dringend einen Schnitt und vor allem eine Wäsche gebraucht, dafür prangte auf seiner grauen Seidenkrawatte ein hässlicher Fettfleck. Apropos Fett: sah er sie nicht gerade an wie ein Brathähnchen auf dem Grillspieß?

Weiße Speichelflecken bildeten sich in seinen Mundwinkeln, während er eine gefühlte Ewigkeit nur von sich selbst redete. Wo hatte sie nur ihren Verstand gelassen? Sie schalt sich eine dumme Kuh – sorry, Kühe! –, die immer wieder in die gleiche unmögliche Falle tappte.

Jetzt glitt er auf das Sofa neben sie, gestikulierte mit dem Weinglas. Was er sagte? Sie hörte nicht zu. Ihre Nackenhaare richteten sich auf und ein kleines Schweißrinnsal bahnte sich den Weg zwischen ihren Schulterblättern. Seine Hand wollte auf ihr Knie wandern – sie erstarrte.

An der Wand ein großes Bild mit kalligraphischer Botschaft, das allbekannte Motto »CARPE DIEM – Seize the day!« (Ergreife den Tag) »Nur zu« dachte sie, »ergreif« was du willst, aber mich auf keinen Fall! Nicht mit mir!«

Ihre Gedanken wirbelten durcheinander: schreien, weglaufen oder beides? Stattdessen: Nerven behalten. Sie kramte wie beiläufig in ihrer Handtasche und fand den Kugelschreiber, gerade richtig, um den mit voller Wucht in seine Hand …

Sie holte tief Luft: Im Schloss der Wohnungstür drehte sich knackend ein Schlüssel, die Tür öffnete sich und eine muntere Männerstimme rief: „Guten Abend, mein Lieber, ich habe einen früheren Flieger erwischt! Jetzt kannst du endlich wieder in dein eigenes Bett und brauchst nicht länger meine beengte Behausung zu hüten!«

Ein leicht gebräunter junger Mann im gelben Polohemd trat ein, neben sich einen Satz Koffer und unter dem Arm ein Bündel orangefarbener Strelitzien in Cellophan, wie man es beim Abflug aus warmen Gefilden spontan erwirbt. Mit einem freundlichen Lächeln in ihre Richtung bat er: „Und stell' mich doch bitte deiner reizenden Bekannten vor …«

Sie saß wie gebannt, im gleißenden Licht einer plötzlichen Erkenntnis: nicht mit seinem Kumpel, sondern mit diesem Mann hätte sie sich verabreden sollen, der oder keiner! CARPE DIEM sollte jetzt für sie gelten!

Während dieser sich noch in freundschaftlichem Geplänkel mit dem Wohnungssitter befand, bekritzelte sie mit ihrem Kugelschreiber – nicht länger Waffe – hastig ein Zettelchen: »Du bist der Mann meiner Träume, ruf mich an und rette mein Leben!« Plus Telefonnummer, versteht sich.

Ihr Herz raste, als sie ihre Habseligkeiten zusammenraffte, Richtung Ausgang stürzte und mit einem gemurmelten »Tut mir leid« gegen ihn rempelte, den Zettel in seine Hand drückte, die zarten Strelitzien quetschend. Puh!

Sie hatte sich ein Happy End verdient und am Ende gab der Erfolg ihr recht. Wenige Tage später betraten beide Arm in Arm die neue Ausstellung im Museum, Edvard Munch mit dem Highlight ‚Der Schrei‘ – zum Glück lautlos. Sie fühlte sich so entspannt wie selten und bewunderte ihr gemeinsames Spiegelbild in der Scheibe des Museumsshops. Er im orangefarbenen Shirt und sie im ebenso gemusterten Kleid – perfekt.

Sie waren offensichtlich füreinander geschaffen, oder?

GISELA KNOOP,

Ich lebe seit den 80er Jahren in Osnabrück, bin Mitglied im Freundeskreis des Botanischen Gartens Osnabrück, habe einen starken Bezug zu Flora und Fauna und schreibe gerne mal die eine oder andere kurze Kurzgeschichte.
Kontaktdaten über den Freundeskreis.

BUSCHWINDRÖSCHEN

Anemone nemorosa

Stefan Wellmann

AUFTRAG »BUSCHWIND-RÖSCHEN«

Das Päckchen lag an einem Montagmorgen in meinem geheimen Postfach. Ich nahm es mit in mein Anwesen am Meer, untersuchte es sorgfältig und öffnete es. Kein Absender. Der innen befindliche Umschlag enthielt 100.000 Euro in bar sowie einen kurzen Brief und zwei Fotos. Der Auftrag war kurz formuliert und wie zumeist unmissverständlich. Er lautete: »Töten Sie Theo Seifert bis kommenden Sonntag.«

Das wird knapp, dachte ich. Anreise, Recherche, Vorbereitungen – alles in weniger als einer Woche. Machbar, aber ambitioniert. Sehr ambitioniert.

Also im Prinzip genau das Richtige für mich. Und 100.000 Mäuse für eine Woche Arbeit, das kann sich sehen lassen.

Allerdings, in meinem Geschäft geht Sorgfalt vor Gier und deshalb wäge ich genau ab, ob ich einen Auftrag annehme und wenn ja, wie ich ihn erledige. Die Aussicht auf viel Geld trübt dabei nur den Verstand. Und wenn ich eines bei der Arbeit nicht leiden kann, dann ist es ein trüber Verstand. Deshalb habe ich eine wichtige Maxime in meinem Business: während des Auftrags keine Liebschaften, kein Alkohol – und Überlegungen, was ich mit der Kohle anstelle, werden erst nach getaner Tat angestellt.

Neben dem Zeitfaktor gab es bei diesem Auftrag noch eine persönliche Hürde zu nehmen. Theo Seifert wohnte in Osnabrück, meiner Heimatstadt. Diesen Ort hatte ich schon seit über 13 Jahren nicht mehr aufgesucht und ich wusste verdammt noch mal warum.

Damals hatte ich die Stadt am Rande Westfalens etwas überstürzt verlassen müssen, weil die Polizei mir bei ihren Ermittlungen zu den Ursachen des Unfalls meines Vaters zu nahegekommen war. Auch damals schon, beim ersten Mal, hatte ich eine professionelle Arbeit, wenn auch in eigener Sache, abgeliefert. Aber die Polizei sucht bei Mord nun einmal zunächst im familiären Umfeld, ein Umstand, der mich später auf die Idee brachte, Fremden meine Dienste anzubieten. Seitdem beschäftige ich mich nur mit Zielpersonen, die keinerlei Verbindungen zu mir haben. So war es und so soll es immer sein.

Theo Seifert kannte ich nicht, die beigefügten zwei Bilder weckten bei mir jedenfalls keine Erinnerungen. Ich kannte mal eine Ute Seifert, aber Seifert heißen viele. So weit, so gut also.

»Trotzdem, Osnabrück bleibt Osnabrück«, sagte ich zu mir, goss mir ein Budweiser ein und schaute von meiner Veranda aufs Meer. Mir wurde, das darf ich an dieser Stelle sagen, ein wenig wehmütig ums Herz. Der Auftrag und die Erwähnung meiner Heimatstadt hatten Erinnerungen hochgespült und zum ersten Mal seit sehr, sehr langer Zeit dachte ich wieder an meine Jugend und die Schulzeit.

Doch ich bin ein Mensch der Tat und nicht des gefühligen Schwelgens. Ich bereue nichts.

Also erstellte ich eine Liste mit Vor- und Nachteilen und befragte meinen Killerinstinkt. Ergebnis: Ich nahm den Auftrag an und begann unmittelbar mit den Vorbereitungen.

Am Dienstagvormittag landete ich pünktlich auf dem Flughafen Greven-Osnabrück. Ein Taxi brachte mich zu einem Hotel in der Nähe des Stadthauses. Bei Aufträgen verwende ich in kleineren Städten zumeist ein Taxi. Autos haben Kennzeichen und Kennzeichen kann man notieren. Oder man gerät in eine Radarfalle und schwups hat die Verkehrsbehörde von dir ein Foto. Nicht gut in meinem Job.

Taxifahrer erinnern sich selten an ihre Gäste, vor allem nicht, wenn man so wie ich, unscheinbar aussieht. Mittelgroß, grau melierte Haare, meistens mit dunkler Brille, kein Akzent, unauffällige Kleidung. Vor einiger Zeit gab es einen Hollywoodstreifen über einen Auftragskiller, der mir durchaus ähnlich sah. Natürlich übertrieb der Film in seiner Darstellung der Tätigkeit, aber das ist man ja gewohnt.

Ich hatte den Taxifahrer am Bahnhof halten lassen, um mir einen Stadtplan zu kaufen. Osnabrück hat sich in den letzten 13 Jahren stark verändert, das meiste durchaus zum Vorteil.

Im Hotelzimmer recherchierte ich über meine Zielperson und beschloss, einen ersten Gang zu seinem Wohnhaus zu machen. Er wohnte auf dem Westerberg, nahe der Universität. Einfamilienhäuser. Ruhige Wohnlage. Schlechter als Plattenbauten und Wohnsiedlungen, jedenfalls für meinen Auftrag.

Den Weg legte ich zu Fuß zurück. Inzwischen hatte ich herausgefunden, dass Theo Seifert ein pensionierter Lehrer war. Biologie. Einige Fachaufsätze zur heimischen Flora, gelegentlich führte er noch Exkursionen an, insbesondere wenn es ‚in die Pilze ging‘, wie es auf einer Internetplattform hieß.

An den Westerberg konnte ich mich kaum noch erinnern. Ich war in der Südstadt aufgewachsen und kannte damals niemanden, der in der Nähe dieses Stadtteils wohnte. Außerdem schien mein Gehirn große Teile meiner Vergangenheit getilgt zu haben. Wenn überhaupt, dann tauchten seltsam verzerrte Schwarzweißbilder von früher in mir auf. Psychologen nennen das wohl Verdrängung, und wenn ich das richtig verstanden habe, ist das eine sinnvolle Reaktion des menschlichen Gehirns.

Der Weg zur Zielperson führte mich durch den Botanischen Garten, eine Einrichtung, von der ich vorher nicht wusste, dass es sie überhaupt gibt. Die Idee mit dem Stadtplan war schon richtig, dachte ich. Stadtpläne gehen im Übrigen, anders als digitale Karten, auch nicht zwischendurch offline.

Das Haus von Theo Seifert lag in einer Seitengasse direkt beim Botanischen Garten. Ein unscheinbares Einfamilienhaus, dem man im Laufe der Zeit einen Wintergarten und einen Schuppen hinzugefügt hatte. Das hatte ich schon auf den immer schärfer werdenden

Satellitenfotos gesehen. Schön, wenn man Kontakte zur NASA nutzen kann. In diesem Fall half mir ein früherer Auftraggeber, der das fast freiwillig für mich tat.

Im Wintergarten, dessen Fenster offenstanden, sah ich eine Frau und einen Mann. Der Mann war eindeutig Theo Seifert, die Frau musste eine Verwandte oder Bekannte sein, denn der ehemalige Biologielehrer war Witwer. Er sagte zu ihr: »Am Sonntag kann ich nicht, da nehme ich an einer Führung im Garten teil.«

»Herrgott«, war ihre Antwort, »du kennst den Garten doch in- und auswendig. Was willst du da in deinem Alter noch an einer Führung teilnehmen?«

Die Frau war eindeutig eine Verwandte, vermutlich die Tochter.

»Ich gehe jeden Sonntag zur Gartenführung. Das weißt du doch. Statt Kirche.« Er fuchtelte nun mit den Armen und kam wohl langsam auf Betriebstemperatur.

»Aber jetzt Sonntag ist Konfirmation. Da kannst du doch mal eine Ausnahme machen. Es geht um deinen Enkel«, sagte sie in leicht beschwörendem Tonfall. Doch er blieb bei seiner Meinung. Typisch Lehrer.

»Lass mich bitte mit diesem Verein in Ruhe. Schöne Grüße, aber wenn sie mal was lernen wollen, ich halte gerne im Gottesdienst einen Vortrag über Evolution.« Er zeigte mit der Hand Richtung Ausgang und seiner Tochter recht unmissverständlich den Weg nach draußen.

Als sie das Haus verließ, wusste ich drei Dinge: Erstens würde ich am Sonntag um 11 Uhr meine erste botanische Führung des Lebens erdulden müssen. Zweitens erkannte ich in der Frau meine damalige Freundin Ute

Seifert wieder. Und drittens war das Opfer damit mein Beinahe-Schwiegervater.

In meinem Beruf sollte man besser über eine robuste Gesundheit verfügen. Tägliches Körpertraining, Unterricht an verschiedenen Waffen und natürlich mentale Übungen, um die kognitiven Fähigkeiten zu verbessern – von nichts kommt nichts. Somatisierungen kenne ich eigentlich nur aus der Anfangszeit meiner selbstständigen Tätigkeit. Gerade meine Nervenstärke ist es, was Auftraggeber mich buchen lässt.

An diesem Abend war davon nicht viel übrig. Ich hatte deftige Magenschmerzen und wusste, das lag nicht am Essen. Wer mal in Übersee und eher kriegerischen Gebieten gearbeitet hat, weiß, dass Magenprobleme in Deutschland fast nur bei Völlerei und erheblichem Stress auftreten.

»Also Stress«, sagte ich zu mir und konnte das Bild von Ute Seifert nicht mehr aus dem Kopf bekommen. Aber Ute war nicht der Grund für die Magenschmerzen. Das waren die Erinnerungen an Osnabrück, die sich plötzlich in mir Bahn brachen. Wie eine Flutwelle, die in ein U-Boot eindringt, weil irgendein Idiot die Schleusen geöffnet hat.

Ich hing jedenfalls den ganzen Dienstagabend und ein Teil des Mittwochs über der Keramik und konnte mich davon nur schwer lösen.

Mit dem Auftauchen von Ute Seifert rückten alle Ereignisse meines plötzlichen Abganges aus Osnabrück vor 13 Jahren wieder an. Und keine mentale Tür schien die Geister meiner Vergangenheit aufhalten zu können. Wenn ich mich nicht im Bad aufhielt, dann plagten mich Albträume und meine Zimmernachbarn riefen mehrfach nach dem Portier.

Irgendwann in einem lichten Moment erinnerte ich mich an meinen Notfallkoffer und jagte mir eine starke Beruhigungsspritze in den Oberschenkel. Langsam konnte ich wieder ruhiger atmen und schlief am frühen Mittwochmorgen ein.

Am Nachmittag merkte ich dann, wie meine Lebensgeister zurückkamen und nach einer ausgiebigen Sauna und erneut etwas Schlaf ging es mir am Abend deutlich besser. Ich saß auf meinem Bett und dachte nach.

Sollte ich den Auftrag abbrechen? Wie konnte ich jemanden umbringen, den ich kannte? Und konnte ich das Ute nach all den Jahren antun?

Ich ließ die Gedanken in meinem Kopf kreisen, beobachtete sie dabei und wartete, bis ich zur Ruhe kam. Am Donnerstagmorgen widerstand ich dem Gedanken, eine Recherche über Ute Seifert und ihr Kind anzustellen. Am Donnerstagabend entschloss ich mich nach einem langen Lauf über den Westerberg endgültig, meinen Prinzipien untreu zu werden. Ich würde den Auftrag ausführen – und ich wusste auch schon wie.

Freitag und Samstag verbrachte ich damit, in meinem Hotelzimmer meinen Geschäften nachzugehen. Schon die darauffolgende Woche hatte ich einen Auftrag in Frankfurt, zwei Wochen später in Paris. Dann hatte ich einen längeren Urlaub eingeplant.

Am Sonntag packte ich nach einem kurzen Frühstück meine Sachen, deponierte sie an der Rezeption und ging um 10 Uhr Richtung Botanischer Garten. Da ich nicht wusste, welchen Weg die Führung nehmen würde, hatte ich mich entschieden, auf den richtigen Zeitpunkt zu warten und dann zuzuschlagen. Im Garten gab es nicht nur genügend Büsche, sondern, bedingt durch die Lage in einem ehemaligen Steinbruch auch Stellen, die schwer oder nicht sofort einsehbar waren. Hinzu kamen vier verschiedene Ein- beziehungsweise Ausgänge. *Eine schöne Situation* würde ein Landschaftsarchitekt dies nennen.

Ich erkannte Theo Seifert schon von Weitem. Und ich erinnerte mich daran, dass er auch früher schon oft eine Wildlederjacke und eine Cordhose getragen hatte. Auch der Schnäuzer hatte sich über die vielen Jahre gerettet. Theo Seifert war nämlich mein Biologielehrer gewesen, so lernte ich damals Ute kennen. Biologie war eines dieser vielen Fächer, die ich hasste. Weshalb auch von seinem Unterricht nichts hängen geblieben war, schon gar nicht etwas über Pflanzen. Wenn ich eine Erinnerung hatte, dann die einer Exkursion im Heger Holz, wo wir Buschwindröschen ausbuddeln mussten. Die hatten eine seltsame Wurzelform. Mehr fiel mir dazu nicht ein.

Theo Seifert schien mich nicht zu erkennen, ich hatte auch wieder meine dunkle Brille auf. Gut so, das machte den Auftrag leichter. An der Führung, die *Sonntagsspaziergang* hieß, nahmen mit mir 14 Personen teil. Ich hatte mich für eine Zwille entschieden, eine Waffe, die ich noch aus der Schulzeit kannte und in deren

Verwendung ich mich perfektioniert hatte. Zusammen mit einer kleinen Stahlkugel wurde aus dieser unscheinbaren Schleuder ein tödliches Instrument. Es war beinahe schon Ironie des Schicksals, dass das Thema der Führung ‚Die Bibel und ihre Pflanzen' hieß, hatte doch mein Mordwerkzeug im Alten Testament einen starken Auftritt im Kampf gegen Goliath.

Die Gruppe lief kreuz und quer durch den Botanischen Garten zu Pflanzen, die ich weder schon einmal gesehen hatte noch deren Namen ich kannte oder behalten wollte. Als Theo Seifert sich gegen Ende der Führung näher im Bereich der Rhododendren aufhielt und die anderen weitergingen, schlug ich zu. Keiner sah, wie ich die Zwille aus der Anzugjacke zückte, dann mit einer Stahlkugel lud und sie auf Theo Seifert abfeuerte. Die Kugel traf den ehemaligen Biologielehrer an der rechten Schläfe und ließ ihn sofort in sich zusammensacken. Ich schleifte ihn kurz hinter die Büsche und entkam unbemerkt über den Ausgang Richtung Altstadt.

Den weiteren Fortgang der Geschichte erfuhr ich Wochen später über einen Informanten bei der Kripo. Der ermittelnde Kommissar, ein gewisser Stefan Margret, fand in der Wildlederjacke des Pädagogen einen Brief. In ihm stand, dass er einen Auftragskiller engagiert hatte, der ihn umbringen sollte. Bei der Auswahl des Killers sei die Wahl auf eine sehr zuverlässige Person gefallen, die er noch von früher kannte. Er selber, so der Verfasser des Abschiedsbriefes, leide an einer schweren Krankheit, die unheilbar sei. In letzter Zeit hätten die Schmerzen so stark zugenommen, dass ein Krankenhausaufenthalt mit Morphiumtherapie unausweichlich gewesen sei. Er hätte deshalb beschlossen, auf diesem Weg aus dem Leben zu scheiden.

Der Brief endete mit der Bitte an die Polizei, den Fall nicht weiter zu verfolgen. Den Killer würden sie ohnehin nicht fassen.

Der Informant konnte mir berichten, dass der Vorgang tatsächlich zu den Akten gelegt worden war. Das Gleiche tat ich mit meinen Erinnerungen an Osnabrück und den Botanischen Garten.

STEFAN WELLMANN

Ich bin in den 80er Jahren zum Studium nach Osnabrück gekommen und lebe und arbeite inzwischen hier. Ich bin Mitglied im Freundeskreis des Botanischen Gartens.

Neben Fachartikeln im Bereich Coaching schreibe ich Kürzestgeschichten, Kurzgeschichten und andere fiktionale Texte als Selfpublisher.

Webpräsenz: www.stefanwellmann.de

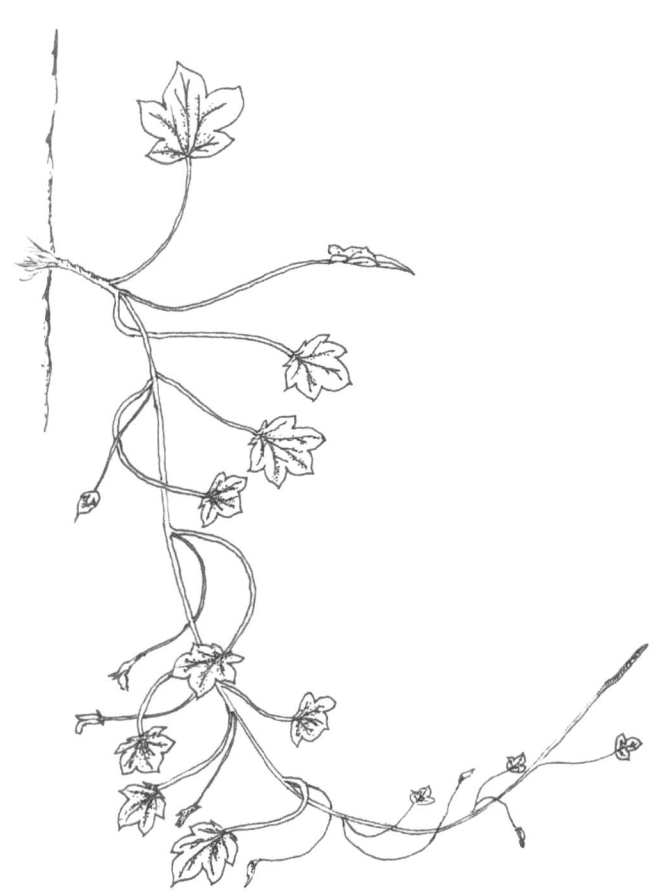

ZIMBELKRAUT

Cymbalaria muralis

Ulrike Kroneck

MARIA Z. UND MARIANNE

»Mein Teekesselchen hat zwei Beine.«

»Meins hat Wurzeln.«

»Oh. Mein Teekesselchen ist, jedenfalls meinen das manche Männer, nicht so hübsch.«

»Mein Teekesselchen ist klein, der Kopf ist höchsten einen Zentimeter groß.«

»Ganz schön klein. Mein Teekesselchen ist da schon etwas größer, zwischen 1,50 und 1,90.«

»Ganz schön groß. Aber mit dem Unterteil ist meins auch fast 60 Zentimeter lang. Aber es wächst noch. In einer Mauerritze.«

»Meins ist schon ausgewachsen.«

»Mein Teekesselchen ist ausdauernd und sportlich. Es hängt und klettert.«

»Dafür kann meins laufen. Und ist weiblich.«

»Meins hat beide Geschlechter. Irgendwie Stempel und Staubbeutel.«

»Mensch, dann bist du ja eine Blume. Oh, entschuldige!«

»Eher ein Blümchen.« Das Blümchen wird rot, obwohl es einst ganz blau war, und nun hat es einen ganz entzückenden lila Hauch auf den zarten Wangenblättchen. Es schaut sich um und all seine Freundinnen strahlen mit dem gleichen reizenden Hauch von Lila und Sommer.

»Und wie heißt du?«, fragt Marianne mit den zwei Beinen.

»Ich heiße Maria Zimbelkraut«, haucht die kleine Blüte.

»Ich bin Elke Zimbelkraut«, ruft die Kleine gleich nebenan. »Lisa Zimbelkraut«, ruft es von hinten. »Marion«, »Frida«, »Gabi«, ruft eine ganz laut. »Ich heiße Gabi.« Es zischt und tuschelt, surrt und zirpt. Sind es die schönen Lippen, die sich da bewegen oder die Insekten, die zum Essen eingeladen sind? Es ist der Sommer, der summt.

»Ist es schön, so viele Geschwister zu haben?«, fragt Marianne.

»Ja«, sagt Maria Zimbelkraut. »Es ist wunderbar.«

ULRIKE KRONECK
Ulrike Kroneck hat ihr Leben lang mit Texten zu tun, zuerst als Verlagslektorin, dann als selbstständige Texterin und Lektorin. Seit fast zwanzig Jahren schreibt sie selbst Bücher – Sachbücher und psychologisch basierte Kriminalromane.
www.ulrike-kroneck.de

VERZEICHNIS DER BILDER

Gisela Knoop (GK) und Silvia Oevermann (SO):
Zeichnungen

DER BOTANISCHE GARTEN DER UNIVERSITÄT OSNABRÜCK

Der Botanische Garten der Universität Osnabrück zeichnet sich durch eine besondere Lage aus. Die Vielfalt von weltweiten Pflanzengemeinschaften wird im ersten Steinbruch gezeigt. Markant hebt sich dort das Amazonas-Regenwaldhaus von der Steinbruchkante ab. 2011 wurde ein zweiter Steinbruch in den Garten integriert, in dem sich heimische Pflanzen diesen stadtnahen geschützten Naturraum zurückerobern.

Als universitärer Garten ist er seit 1984 unverzichtbare Ressource für Forschung und Lehre. Dazu dienen auch die im Garten befindlichen Gewächshäuser, die verschiedene Sammlungen beherbergen. Ein weiteres Anliegen ist der Erhalt heimischer Biodiversität, welches sich in mehreren Genbankaktivitäten widerspiegelt. Die Umweltbildung wird vermittelt durch die Grüne Schule. Sie bietet sowohl Führungen (u. a. regelmäßige Sonntagsspaziergänge) als auch Aktionsprogramme für Jung und Alt zum Mitmachen an.

Der Botanische Garten ist ganzjährig geöffnet. Der Eintritt ist bis auf Sonderveranstaltungen frei.

Anschrift: Albrechtstraße 29, 49076 Osnabrück
Telefon: +49 541 969 2739
www.bogos.uni-osnabrueck.de

DER FREUNDESKREIS

Der Freundeskreis des Botanischen Gartens der Universität Osnabrück e. V. wurde im September 1986 gegründet und unterstützt als Förderverein den Botanischen Garten ideell und finanziell.

Insbesondere fördert der Verein die übergeordnete Zielsetzung des Gartens, nämlich die Vielfalt der Pflanzenwelt (Biodiversität) zu erforschen, zu erhalten und zu vermitteln.

Deshalb unterstützt der Freundeskreis unter dem Motto „Botanik – Bildung – Kultur" nicht nur Wissenschaft, Forschung und Lehre, sondern will darüber hinaus den Botanischen Garten für die breite Öffentlichkeit in vielfältiger Weise mit Leben erfüllen und als einen Ort der persönlichen Erbauung etablieren.

Wenn Sie mehr wissen möchten, kommen Sie doch auf eine der vielen Veranstaltungen wie den „Pflanzentauschmarkt" im Frühjahr oder den „Kürbistag" im Herbst. Oder nehmen Sie an einer Ausstellung oder einer Lesung teil oder lauschen beim „Feierabend in die Tropen" dem kubanischen Pfeiffrosch. Schauen Sie gerne in das Jahresprogramm des Gartens. Aber auch nur so zum Spazierengehen ist der Botanische Garten eine gute Adresse. Allein die Lage in zwei ehemaligen Steinbrüchen lädt zum Entdecken der Pflanzenvielfalt ein.

Näheres über den Freundeskreis erfahren Sie auch auf der Homepage.

www.freundeskreis-bogos.de